U0006988

遠路不須愁日暮

蔡子強 著

目錄

三、無邊落木蕭蕭下

四、胸中海岳夢中飛

五、總為浮雲能蔽日

六、明朝散髮弄扁舟

七、人間有味是清歡

八、未妨惆悵是清狂

九、長溝流月去無聲

十、也無風雨也無晴

推薦語

蔡子，總是能夠以文字與香港人共享一葉舟的人。造次必於是，顛沛必於是。

——**黃念欣**（香港中文大學中國語言及文學系副教授）

最初認識蔡子強，是因為經常就選舉或時事採訪他，他對記者友善又專業，深知電視台是為了「攞個 soundbite」而來，言簡意賅，十幾廿秒便能說出重點來。

時移世易，如今成了「同框」，輪流寫同一專欄，他常取笑我是「時事評論員」，其實他從來沒有放棄寫當下的人和事，只是都包裹在寫情寫歷史寫遊記之中。

——**林妙茵**（傳媒人）

跟很多香港人一樣，起初「認識」蔡子強，是通過電視熒光幕。後來在中大是同事，一起在某個跨系活動的小組裏，但其實一直不算太熟絡。直到近年，香港社會急速轉變，反而因緣際會，多了交流，而我接觸到的蔡子強是一個真誠的人。

這幾年社會大環境的轉變，容易令人變得感性。很多人帶著或大或小的傷痕過活，在生活中需要尋找各種「治療」的方法。在我的經驗中，有機會坦率地將自己的想法和感受暢所欲言一次，又或者聆聽別人的誠意分享，都可能帶來一點療癒的感覺。這本書結集的是作者近年的抒懷之作，不是甚麼理性的政治分析，但卻反映了今天香港社會的情感結構，相信不少讀者都會找到共鳴之處。

——**李立峯**（香港中文大學新聞及傳播學院教授）

由洋洋灑灑的政論文章到充滿感嘆的專欄文字，蔡子強的書寫反映一個時代的終結。有否一天，連這種感懷時勢的文字都無立錐之地？悲觀會否被視為反叛？因此，出版此書有其特殊歷史意義，它保存了在「由治及興」的主旋律下，讀書人由衷發出的感嘆。是多麼沉靜、又多麼強烈。

——**陳健民**（社會學學者）

序：躺平・儒道互補

曾經有高官批評社會出現「躺平主義」，說是消極心態，令人萎靡不振，長遠窒礙社會進步云云。

但我又記得，中學時的中文課，有收錄陶淵明的〈歸園田居〉，其實這不就是古時的「躺平」嗎？

「躺平」原是內地網絡潮語，指有年輕人在經濟下滑、階級上流困難下，與其跟從社會期望奮發向上，倒不如「躺平」，無欲無求，「不買房、不買車、不談戀愛、不結婚、不生娃、不消費」，「維持最低生存標準」，「拒絕成為他人賺錢的機器和剝削的奴隸」。

其實在日本，亦有類似說法，稱之為「草食男」。

「躺平」原本指的是一種經濟和生活上的態度，但逐漸，它也成了一種政治態度。

二〇二二年五月，上海因疫情封城個多月，民眾怨聲載道，一段網上流傳視頻，引發廣泛熱議。視頻上看見，一對據說核酸檢測屬陰性的年輕夫婦，被一群衣服印有「警察」二字的「大白」圍着，要強拉他們往方艙隔離，兩人不肯，「大白」威脅說：「如果你拒絕被轉運，將會受到治安處罰。處罰以後，要影響你的三代！」

豈料，男子卻平靜地回答，說：「不好意思，這是我們最後一代，謝謝。」

近年香港政局驟變，很多年輕人，不單是買不起樓，且就算想發聲、想有獨立思考和批判思維、想爭取民主自由，卻發現處處紅線。於是，也就罷了，索性「躺平」。

二〇二三年八月尾，日本即將排放福島核污水，本地電視新聞作街頭訪問，問市民會否擔心日本水產安全，年輕男子林先生說他一直有買刺身等日本水產，但完全不擔心。

「點解唔擔心？」（為何不擔心？）

「我哋唔諗住有下一代。」（我們不打算有下一代。）

莫非這就是「終極躺平」？我不知道。

不單年輕人，就算我們知識分子，彼此都苦笑說，時局如斯，難有作為，當下也只能選擇「躺平」，先避其鋒，做一下「竹林七賢」。

其實這也是千百年來中國讀書人的行徑，這種逆境時的調整，有學者稱之為「儒道互補」，說的是，雖然儒和道在處世態度和精神面貌上，看似相反，前者主張入世、有為、積極；後者則主張出世、無為、順其自然，但兩者卻能並存，且成讀書人的精神支柱。

由儒入道，再由道入儒，得志時是儒家，失意時是道家，成了中國讀書人的雙重性格，也是他們調整自己、適應時局的方法，讓他們多了韌力。

時局有可為時，信的是儒家，講「修身、齊家、治國、平天下」；但當時局崩壞，仕途失意，無能為力時，則改信道家，以至退隱山林，就像陶淵明一樣。

就是這樣，道家（也就是「躺平」）成了那些失意、無力改變現實的讀書人，精神上的避風港，也只有這樣的調整，他們才在逆境下仍能自處。

以前我在《明報》寫政論，如今在《明報》改寫副刊，多少也是這樣的心態。

但後來我又發現，身處困厄的朋友，能夠見見家人朋友，以及好好讀報，已經是他們日常僅有的寄託。見面時，不少都說有看我的專欄，鼓勵我要好好寫下去。

我做不到每週去探望他們，於是寫好《明報》內這個專欄，也成了義不容辭之舉，希望能夠給朋友點點撫慰。

過去幾年，社會氣氛低迷，自己也愁腸百結，鬱悶難解，把自己寫在這個年代的文章結集，也把自己的心境、情懷、鬱結記下，也算是為一個時代留下註腳。

一、一蓑煙雨任平生

下次你路過，人間已無我

「下次你路過，人間已無我」，這是余光中先生寫給哈雷彗星的兩句詩，第一次讀到時，只覺一份穿透時空的蒼涼。

哈雷是顆週期彗星，每隔約七十五年路經地球一次，它的璀璨，讓人類從地球上用肉眼也可直接看到。哈雷下次崔護重來，估計將會是二〇六一年，而上次，則是一九八六年。那年我剛巧「上莊」，出任香港中文大學（中大）學生會，風華正茂，志氣昂揚，對香港回歸、非殖、民主化，都充滿憧憬。

上了年紀，總愛懷緬過去。近日，約了幾位昔日學生會、學生報好友，重遊中大。畢業後，大家各奔前程，為各自事業和理想打拼，雖然偶有見面，但再在校園內聚首一堂，今趟卻是頭一次。我帶他們看中大的「新」景點，如新亞書院的天人合一池、聯合書院的校史館、和聲書院的無敵靚景咖啡館……但他們最想去的，還是昔日大家並肩作戰、過了無數晨昏顛倒日子的學生會和學生報舊址。

過去幾年，歷盡風波，學生會和學生報都已經被迫解散，如今人去樓空，只剩一堆遺棄雜物。撫今追昔，大家都有說不出的感慨。在這堆遺物中，我們意外發現了一些資料冊和錄影帶，是當年我們製作來向同學介紹政制改革，如爭取八八直選、《基本法》草擬等，一時間，大家百感交集。我相信其它記錄了近年抗爭的遺物，早已被人檢走，唯獨是這些物件，卻無人問津，或甚至棄如敝屣，那是一個大家對回歸、非殖、民主化，都充滿憧憬的年代。

（順帶一提，當時《基本法》諮詢委員會學界委員是戴耀廷，那時他被一些同學批評「走入中方建制」。）

離開中大前，我們去了二號橋一趟，無語。

一九八六年，我出任中大學生會副會長（一年後再出任會長），那年香港大學（港大）學生會的外務副會長是葉健民。早前，他辭去城市大學（城大）教席，移居英國，在彼邦延續其學術路，盼為研究留住點香火。臨行前，他接受《明報》專訪，被問到香港民主前景，他答：「我不覺得我這代人會看到。」

同意，就如哈雷彗星一樣。

最不幸是無聊一生甚麼也沒信過

近日鄭海泉逝世，享年七十四歲。鄭是我中大的學長，我跟他並不相識，但對他卻有一份敬意，不在於他曾經位極人臣，是首位匯豐銀行華人大班，事實上飛黃騰達的師兄多的是，我敬他，是因為他也是學運出身，曾任中大學生會副會長，更重要的是，他出人頭地後，始終不忘初心，對學運仍舊肯定。他說：「最不幸的是無無聊聊過了一生，甚麼也沒信過。」

十一年前，《中大通訊》（第三百八十二期）曾對這首位出任中大校董會主席的校友，作了一個專訪，當中憶述到在大學「火紅的年代」之學運生涯時，他說：

「年輕人只道這個世界有不公義，我們便要鬥爭。我們有時（……）學生就是這樣的，正義感掩蓋了一切，非黑即白。這類衝擊是人生寶貴的一課。找到自己的信念，或曾經追尋過你的信念，是最有福的。最不幸的是無無聊聊過了一生，甚麼也沒信過。我是無悔的，不過，作為過來人，我仍想指出無論從事任何運動，無須用侮辱對方作為表達意見或爭取的手段，也無須妨礙他人的權利。必須多點聆聽你的『敵人』，細心觀察或從別人的角度去審視問題，尊重對方。侮辱性的言語或行動會適得其反，令本來同情你的因而不接受你的意見。」

這段話今天聽來依然擲地有聲。

因為並無交往，所以上星期其喪禮我並沒有去，但事後卻有看悼念特刊，當中有各界人士憶述其生平點滴，看後，對這位師兄又多了點認識和尊敬。

其中一篇提到，鄭早年曾教過義務中學，純屬義工，並無薪水，但卻不減其教學熱誠，學生說鄭待他們如弟妹，課餘，請他們到戲院看電影，到生果檔吃水果。

此外，鄭向學生解釋為何要爭取中文成為法定語言，學生受到感召，冒著大雨，隨他在尖沙咀碼頭派傳單，雖然那個年代派傳單比較敏感（唉，今天竟落得又再如此），但他們信任老師，覺得應該去做。另外一次，則是保護釣魚台，在深水埗和李鄭屋一帶派。

今時今日看到這些，是否教大家別有一番滋味在心頭呢？

記憶與遺忘

讀大學時比較文青，慕名讀了好些殿堂級小說，如《百年孤寂》、《生命中不能承受的輕》、《笑忘書》等。今天想跟大家講的，是米蘭．昆德拉所寫的《笑忘書》。

書中說到，捷克共產政權上台，要消滅這個國家的記憶，首先做的，便是放逐當地的學者和知識份子等。失明歷史學家赫布（Hübl），悲慟地說：「消滅一個民族的第一步，就是抹去它的記憶，毀滅它的書籍、文化、歷史，然後找人重新寫書，重新製造新文化，創造新的歷史。不久，這個民族便會開始忘掉他的過去和現在，那麼外面的世界要把它遺忘就更快不過了。」

當獨裁者在台上高喊「孩子，你們就是國家的未來」時，其實他真正的意思，並不是真的要把社稷交託給他們，而只不過是，他會將人民和民智逐步推向幼年化發展。

獨裁者最喜歡孩子，因為孩子的最大特徵，就是並沒有太多記憶。

作者透過小說裡異見人士麥瑞克（Mirek）口中，更道出擲地有聲的不朽名句：「人與強權的抗爭，也是記憶與遺忘的抗爭。」

故事女主角塔美娜（Tamina），一直思念她被政權迫害而流亡國外，最後客死異鄉的亡夫。起初，她力抗遺忘，希望留住對亡夫的寶貴回憶，但無奈丈夫的形象卻在她腦海裡日趨模糊，這讓她感到絕望和痛苦。

直到一天，一個年輕男人走來找她，並說如果她想遠離這一切痛苦，訣竅便是把記憶放下，並跟他到另一處地方：「那裡沒有悔恨，一切都沒有重量，像微風一樣輕盈。」結果，塔美娜跟他走了。

她來到一個只有孩子（沒有記憶的人？）的小島，她感到：「在這一刻，她的丈夫既不在記憶裡，也不在思念中存在，因此，她既不感到壓抑，也不感到悔恨。」從此，她更與孩子，陷入激烈的性愛當中，「她重新閉上眼睛，體會著肉體的快樂。有生以來，這是她第一次在靈魂遠去的時候，享受肉體的快感。她的靈魂既沒有想像甚麼，也沒有記憶甚麼，早已悄悄地離開了那間屋子。」

但隨著時間過去，重複使一切快感都失去了光采，更沒有幫她抓住靈魂。最後，她決定游水離開這個小島。但當她跳進水裡後，才發現自己無論如何拚命划水，都已經無法離開這個小島了。最終，只能往下沉，無聲無息在水中湮沒。

於是，大家看到原本如斯美麗的一位佳人，就在這樣的一個遺忘之島上，在縱慾的狂歡和麻醉中，慢慢凋零。到一天驀然覺醒，想擺脫這種狀態，卻赫然發現原來自己已經失去了力量，只能往下沉淪，無聲無息的湮沒。

宿命、自由、崇高，與尊嚴

命運和結局不一定可以由自己所控制，但我們可以選擇的卻是態度，而態度決定了人的崇高與尊嚴。

電影《天能》(*TENET*)裡片末的一句說話：「可知的結局並不構成袖手旁觀的藉口」，讓我想起希臘悲劇裡有關宿命與自由意志這個主題。面對宿命的嘲弄，伊底帕斯(Oedipus)和其它希臘悲劇裡的英雄，他們的抉擇和作為，展現出人的自由意志、崇高，與尊嚴。或許，這也是給身處這個艱難年代的人們，最大的撫慰。

不同於中國神話裡的「善有善報，惡有惡報」，希臘神話絕大多數不會大團圓結局，更多反而是英雄蒙塵，甚至是家破人亡收場，這也是被稱為「希臘悲劇」的因由。

例如荷馬(Homer)所寫的兩大史詩，《伊利亞特》(*Iliad*)和《奧德賽》

（*Odyssey*），大家可能對「木馬屠城」的故事耳熟能詳，但卻未必知道，功成後，英雄返家時劫難重重，結果除了智者奧德修斯（Odysseus）一人之外，其餘全都不能平安返家。

又例如，宙斯（Zeus）的私生子，勇士海克力士（Heracles），遭宙斯之妻希拉（Hera）所恨和加害，就算勉力完成「十二苦差」，最後依然中伏，因血衣煎熬，而走上焚身以火的結局。

但要說悲劇之最，莫如是由索福克勒斯（Sophocles）所寫的《伊底帕斯王》，它被譽為希臘悲劇中最具代表性之作，最能反映當中自由與宿命的對抗。

伊底帕斯一出生便被拋棄在荒野，因為神諭說他日後將會出現「殺父娶母」這恐怖命運。後來這棄嬰被牧羊人拾到，送給柯林斯城（Corinth）國王，皇后把他當作親生子般撫養長大，成了一個智勇雙全的年輕人。他後來聽到了自己是私生子的流言，於是去了神廟，結果同樣得來「殺父娶母」的神諭。為了避過這恐怖命運，他離開柯林斯並遠去。

途中，他與人狹路相逢發生爭執，結果殺了對方。他輾轉來到底比斯城

（Thebes），這時此城正苦遭獅身人面獸史芬克斯（Sphinx，對，就是埃及金字塔旁邊那一隻）所困，想出入該城者，凡不能解答它提出的謎題者都會遭殺害，這個謎題是：「甚麼東西起初會用四條腿走路，中期會用兩條腿走路，到了最後會用三條腿走路？」聰明的伊底帕斯，猜中謎底就是「人」。

伊底帕斯為底比斯解困，被擁戴為王，並娶得前任國王遺孀為后，生下兩子兩女。這個英雄娶得美人歸的故事，看似圓滿，想不到卻是悲劇的開始。底比斯出現了可怕瘟疫，神諭說必須找出殺害前任國王的凶手，並把他放逐，瘟疫才會告終。

結果這位智勇雙全的英雄，千辛萬苦追尋凶手，最後發現真相竟是：前任國王原來就是前述他狹路相逢的人，因此凶手不是別人，就是他自己，且更恐怖的是，他發現原來其親生父親就是底比斯王，母親就是王后！

可憐伊底帕斯窮畢生之力試圖扭轉，但終究還是應驗了「殺父娶母」的神諭。面對這個殘酷真相，王后羞愧下，上吊自殺，伊底帕斯抱著母親的遺體痛哭，拿起她的胸針，刺瞎自己雙眼，恨自己有眼無珠，餘生受著比死還要痛苦的懲罰。

城大張隆溪教授寫過一篇文章〈伊底帕斯的醒悟——希臘命運悲劇〉，文中他道出了對這個希臘悲劇的看法。

伊底帕斯智勇雙全，終其一生致力去避免自己墮入被預言了的命運，他的每一步莫不是由自己的自由意志所決定，然而弔詭地，這些努力卻也一步一步把他推向這個悲劇宿命的終局。他聰明一世，解開了獅身人面獸的謎題，但可悲的是，卻無法解開自己命運的難題。這彷彿是命運對他的嘲弄。

不錯，希臘悲劇中的英雄，固然命途多舛，但也正正是在與命運的搏鬥中，最能展現了人的崇高與尊嚴，哪怕下場是灰飛煙滅。這也正正是我們閱讀這些悲劇時，對這些悲劇人物，並不覺得他們可憐，反而肅然起敬的原因。

因為伊底帕斯這樣的悲劇人物，絕非聽天由命、逆來順受的庸碌無為之輩，正如阿里士多德所說，這些悲劇裡的主角，比我們一般人更高、更強、更優秀。我們之所以覺得悲劇展現出人的崇高與尊嚴，就是和這些人物面對宿命的嘲弄時，所展現出的自由意志，以及抉擇與作為，密不可分。

電影《天能》（*TENET*）片中被反覆說過多遍的一句話，就是「發生了的事情就已經發生」，讓人覺得有點宿命的意味，但來自未來的尼爾（Neil），態度卻不是消極的。片末，當主角問他，到底大家有否改變些甚麼時？尼爾說出全片的精粹：「『發生了的事情就已經發生』，這只是對世界運作的一種表述，但卻並不構成袖手旁觀的藉口。」

主角再問，這就是「命運」？尼爾說，我叫他「現實」。不錯，「可知的結局並不構成袖手旁觀的藉口」，或許，這也是經歷許多之後，一些人心底裡的吶喊。

命運和結局不一定可以由自己所控制，但我們可以選擇的卻是態度，而態度決定了人的崇高與尊嚴。

努力了，但世界沒變好，那怎麼辦？

「若然我們已經很努力了，但這個世界仍沒有變好，那怎麼辦？」

有次跟位年輕朋友聊，她作出了這樣的提問。

我認真的思考了一會，沒有簡單答案，最後也只能跟她說：

「命運和結局不一定可以由自己所控制，但我們可以選擇的卻是態度，而態度決定了人的崇高與尊嚴。」

另外，也分享了我看電影《天能》（*TENET*）時的感悟，也就是那種反宿命的精神，包括片尾尼爾（Neil）所說的那段話：「可知的結局並不構成袖手旁觀的藉口。」（What's happened, happened, it's an expression of faith in the mechanics of the world, it's not an excuse for doing nothing.）

另一次，有位年輕朋友，她是位優秀的新聞工作者，只可惜，今天新聞做得認真和出色，是會反過來受到懲罰的。

正如莊子所說：「直木先伐，甘井先竭」。挺直成材的樹木，會先遭人砍伐來用；滋味甜美的水井，也會被人爭相飲用而先枯竭；愈是剛直，愈是優秀，也愈容易為自己招惹麻煩和懲罰。

她在氣餒中問我，都說「邪不能勝正」，那是否真的？

我又想了一會，才說，如果用兩三千年大歷史的角度來看，那自然是真的，但若是逐年逐年計，那就未必盡然。歷史往往是進兩步退一步的方式邁步，大家要有心理準備，或許今天，我們就是在退的那一程。

民主有漲潮，如第一波、第二波、第三波；但也有退潮，一次大戰後，以至今天，皆是如此。有起有落，歷史與人生，莫不如此。

時代遍地磚瓦，我們也只能蹣跚而行。

有次去了看中大哲學系退休教授張燦輝兄的照片展，張兄不單學有所長，且拍得一手好照片，更難得的是，他往往能夠把兩者融合，照片中常常帶有哲理。

進入 gallery，有一幅照片立時懾住了我的目光，雖然當中只見雲霧繚繞、混沌一片，但卻在雲霧之後隱約見到有光。心念一動，腦海中卻有句話電閃而出：

前景雖然看不透，但我知道仍有光。

風雨任平生

有天，蘇東坡與朋友去了郊外，路走到一半，忽然下起滂沱大雨，沒有帶雨具的朋友都很狼狽，紛紛抱頭躲雨，只有蘇不當作一回事，繼續在雨中瀟灑前行。

不久，雨就停了。之後，他寫下了〈定風波．莫聽穿林打葉聲〉這首詞來記述此事，也有抒發當下情懷之意，內裡有幾句是如此的：

「莫聽穿林打葉聲，何妨吟嘯且徐行。竹杖芒鞋輕勝馬，誰怕？一蓑煙雨任平生。」

不要因聽到雨聲大得穿林打葉就害怕了，以為再也不能前行，其實風雨並不妨礙我們邊走邊唱。雖然身無長物，只有一根竹杖，一雙芒鞋，卻省得鞍馬勞頓，世上並沒有甚麼好怕，縱然只是一身蓑衣，心裡也坦然，任憑風吹雨打，照樣過我的一生。

這也是蘇東坡遭貶謫，身處逆境的時候。

看到幀動人的照片，她，手纏羈絆，被押上車，卻依然展現微笑，陽光照在她的頭髮、臉龐，以及身上，折射出光芒，讓人重新感到溫暖和光明。而最重要的是，她仍在微笑。

過去兩三年，我去了探望不少朋友，見面時，不少都眉頭深鎖，或強顏歡笑，我自然明白，日子並不好過，所以對此十分理解。

唯獨是她，卻始終如少女般綻放出春天般的笑容，不把當前困厄當作是甚麼回事，也沒有怨念。話題盡是讀書和民主理論。

不錯，有朋友曾帶點抱怨的說，她的堅持，其實累及旁人。但我回應，當文天祥說：「人生自古誰無死，留取丹心照汗青」時，也沒有瞻前顧後，而是覺得理所當然時，便想講就講，結果，他為歷史留下了巨大的道德力量。

她活得光明磊落、無悔無愧，也難得受影響的人亦無怨無恨，我們也就無謂多言了。

有些事情，我自己做不到，她做得到，所以我敬重她。

也感謝攝影師，他為我們拍下了這幀照片。

我歌我泣利物浦

過往有過好時光，也有過壞日子。大家試過疑惑，試過心碎；也試過反擊，試過拒絕認命。這就是支持，這就是社群，這就是團結。漫天颳起暴風雨時，大家仍然昂首闊步；四周在質疑我們時，大家仍然為信念而戰。不為了甚麼，只因為我們不會辜負自己的名字，在最困難的日子，仍懂得 heartbreak but head up（心碎但仍昂首闊步）。

利物浦和曼徹斯特同是英國中部的重鎮，兩城所在的兩郡（默西塞特郡和大曼徹斯特郡）毗鄰，由起初經濟到後來足球，都成了主要競爭對手，百年盡是恩怨情仇。

兩城結怨，可以追溯到一八八七年的曼市運河工程，因為開鑿運河之目的，就是為了要讓運輸和物流可繞過利市，無需在其碼頭上落，不讓利市沾益，可見兩者的明爭暗鬥。但上世紀末，全球物流版圖重整，兩城的產業和經濟，皆同時難逃走向衰落的命運，但彼此卻沒有因此而同病相憐，反而舊恨下再添新仇，那全都是因為足球。

這兩個重鎮，皆有著龐大的工人階級，足球這英國工人閒暇時的至愛，自然很快流行起來，後來兩城更分別出了利物浦和曼聯這兩支偉大的球隊，讓彼此的明爭暗鬥，又上升至另一層次，轉為角逐英國中部足球「首都」的地位。因此每次兩隊對賽，都有一種非比尋常的交鋒以至對決意味，且源遠流長，情況就如西班牙的皇家馬德里（皇馬）與巴塞隆拿（巴塞）一樣。

隨著英國的「去工業化」，利物浦市在七、八十年代日走下坡。閒置的土地、荒廢的工廠、人去樓空的樓房、失業的勞動階層，整個城市都在衰落，只餘部份工人組織對戴卓爾主義作些無望的抵抗。但同一時間，球隊卻開花結果，創造了其史上最長時間、最輝煌的王朝，在這二十年內，拿了多達十一次聯賽錦標！在城市衰敗時為利物浦創造了一個光輝的平行時空，成了當地人僅餘的心靈支柱。

利物浦本來在與曼聯的雙城足球競賽中遙遙領先，但一九八九年，當利物浦在足總盃準決賽對諾定咸森林時，發生了著名的希爾斯堡慘劇，球場看台爆發混亂，最後釀成九十七名球迷被擠壓死亡，當時都怪罪利迷，說全是他們足球流氓行為惹的禍，這亦被普遍視為紅軍由盛轉衰的分水嶺。雖然在一九八九至九〇球季仍能摘下第十八個聯賽錦標，但之後利物浦的足球王朝從此開始步入漫長的衰落，二十九年來與聯賽錦標無緣，相反由費格遜領導下的曼聯，卻乘時而起，取而代之，盡領風騷。

在這之後二十年，每當曼聯拿下一次聯賽冠軍，就距離利物浦的十八冠紀錄更進一步，讓利迷如芒在背。雙方球迷也變得勢成水火，據說利迷會改編 *Always Look On the Bright Side of Life* 這首歌來嘲諷曼迷的最痛——一九五八年的慕尼黑空難，叫曼迷「別忘了看結冰的跑道」、「誰在跑道上死去」……但曼迷當然也不是善男信女，你做初一我做十五，他們又改編歌曲，唱：「諒你們不敢取笑慕尼黑，因為這次是九十六個利物浦人倒地不起。」

奧雲曾經是晏菲路球場上的天之驕子，這位由紅軍一手栽培的前鋒尖兵，曾為球隊立下不少汗馬功勞，後來出走皇馬，本來人望高處，這也罷了，但最要命的是，他後來竟然輾轉回流加入了死對頭曼聯且在他效力的二〇一〇至二〇一一球季，曼聯首次超越了利物浦的十八次聯賽奪冠紀錄，利迷實在被深深刺痛，奧雲亦從此永遠地成了晏菲路的「天國逆子」。

費爵爺有句名言：「我最大的挑戰和成就是要把利物浦從他們該死的寶座上拉了下來，你可以原文照錄。」（My greatest challenge was knocking Liverpool right off their fucking perch. And you can print that.）。這句話被利迷視之為奇恥大辱，三十年生聚，三十年教訓，今次紅軍英超圓夢，名宿菲爾湯臣便特別再提起這句說話，可見情意結之深。

二〇一二年，由利物浦主教主持希爾斯堡事件調查小組，在審視大量資料後，提交了報告，指出事件並不是利迷的過錯，而是球場設施老舊，警方失職，以及卸責球迷。利迷含恨多年的不白之冤，終於得到昭雪。正義雖是步履蹣跚，但卻終究沒有缺席。之後，利迷等的，就是紅軍重新振作，吐氣揚眉，還我河山，尤其是在曼迷面前。

十年，二十年，就快三十年，全都一一過去，「紅軍圓夢英超日，家祭無忘告乃翁」，這是無數利迷父輩對孩子的囑咐。

二〇一二年同年，紅軍迎來了少帥羅渣士，球隊開始復興，英超錦標再也不是水月鏡花，到了二〇一三至一四球季季尾，錦標看來更只有一步之遙，但不幸，謝拉特這位紅軍最忠誠、最熱血的「神奇隊長」，卻在對車路士時出現了「世紀跣腳」，結果紅軍功虧一簣，被曼城最後追過，英超錦標再度失諸交臂。

之後，紅軍終於迎來了名帥高普，繼續奮發圖強，在二〇一七至一八球季，球隊又打入了歐聯決賽，面對皇馬，但今次則是龍門卡利奧斯出現了兩記「世紀跣手」，讓紅軍再度功虧一簣。

跣腳和跣手，讓利物浦四年內兩度飲恨，利迷都落淚和心碎。

功虧一簣，難道就是利物浦的詛咒和宿命？

不少曼迷，固然會冷嘲熱諷，落井下石，而就算外人，也一樣會有所動搖，例如香港球迷便流行一句：「若要生活好，咪買利物浦」，戲謔中又帶點無奈。

在二〇一八年於歐聯鎩羽而歸的那個夏天，利物浦並沒有懷憂喪志。其實，早於同年四月，該會便曾推出了一個感人至深、至今仍讓人津津樂道的視頻，題為 *We are Liverpool*（我們就是利物浦），由高普親自獨白，道出了利物浦的精神、信念，和價值。

當中有一段是如此的：

「過往有過好時光，也有過壞日子。
大家試過疑惑，試過心碎；
也試過反擊，試過拒絕認命。
這就是支持，這就是社群，這就是團結。
漫天颳起暴風雨時，大家仍然昂首闊步；
四周在質疑我們時，大家仍為信念而戰。」

（These are the good times. And these are the bad times.
This is what doubt looks like. This is what heartbreak feels.
And this is how you fight back. This is refusing to know when you're down.
This is support. This is community. This is solidarity.
This is how you hold your head up high, when the storm is all around you.
This is how you fight for what you believe in when everyone else doubts in you.）

不為了甚麼，只因為，We are Liverpool，This means more（我們是利物浦，這意味更多）。

餘下的已經是歷史，短短兩年內，利物浦先後奪得歐聯和英超的錦標。

很多人都知道，利物浦的隊歌是*You will never walk alone*（你永遠不會獨行），每次比賽時，利記球迷在球場都會忘情投入高唱：

When you walk through a storm.
Hold your head up high.
And don't be afraid of the dark……

在這艱難日子，就讓我們一起以此共勉。

The ball is Round. The game lasts 90 minutes

「哭波喪」時，球迷間彼此講得最多的，就是「波係圓」，聊以解嘲和自慰，但大家又可知這句話出處？答案不是伍晃榮。

「波係圓」這句話用來比喻，球場上，甚麼事情都可能發生，甚麼賽果都可出現，球賽和世情本就是變幻莫測。很多港人都以為這句話出自已故 TVB 體育記者伍晃榮，其實卻不然，西方早有類似說法，即所謂：「The ball is round」，最先講的，是已故西德國家隊教練赫爾貝加（Sepp Herberger），且亦和世界盃有關。

話說，一九五四年，瑞士主辦世界盃，西德在決賽以 3:2 擊敗匈牙利，首次奪得世界盃。今天大家或會對此習以為常，但當時則不然，西德尚未成為足球大國，反而匈牙利卻被譽為世上最強，且還有一代球王普斯卡斯（Ferenc Puskás）作為隊長，難怪賽前西德被一致看淡，尤其是，在較早之前分組賽階段，西德才以 3:8 大敗給同一對手匈牙利。

所以，決賽結果可說讓人跌盡眼鏡，赫爾貝加遂說了後來膾炙人口的這句：「The ball is round」，比喻球場上甚麼事情都可能發生。

另一句跟「波係圓」，同樣看似是「阿媽係女人」的廢話，就是「足球是九十分鐘的比賽」，這句看似 trivial 的話，其實同是出自赫爾貝加口中。

話說，前述那場世界盃決賽，開賽不到十分鐘，大熱門匈牙利便率先兩度攻破西德龍門，換轉是很多球隊，都會覺得強弱懸殊，因而洩氣，被對手「大炒」，但正當以為大局已定時，西德隊卻沒有放軟手腳，反而連追三球，反敗為勝。

賽後，赫帥擲地有聲的說：「The ball is round, the game lasts 90 minutes, and everything else is just theory.」（波係圓，足球是九十分鐘的比賽，其餘的都純屬理論）。

這對當時德國的意義更超越足球，因為十年前才輸了二次大戰，全國落得一片頹垣敗瓦，且還要被瓜分成東西德。球隊在此時為國家贏得世界盃，讓舉國士氣為之一振，且告訴全世界，不要把德國看扁，他們有的是一份永不言敗之精神。

而正正是這份精神，協助德國日後從戰敗的廢墟中重建起來。

足球反映了人生哲理：未到最後一刻，甚麼事情都會發生，不要輕言放棄。

波係圓，足球是九十分鐘的比賽，一日未完場，一日甚麼事情都會發生。願以此與香港人共勉。

Spark 與 Purpose

禮崩樂壞，世衰道微，今天大家心裡都有不盡的鬱結。一個晚上，躲進了電影院，尋求在光影世界裡，暫且忘卻煩憂。

看的電影是《靈魂奇遇記》（*Soul*）。故事講述，爵士樂手 Joe 一直懷才不遇，後來得到一個夢寐以求的演出機會，以為終可證明自己。沒想到演出前夕卻意外身亡，但他卻死不甘心，靈魂拒絕去投胎，反而千方百計要重回肉身，去完成那場望穿秋水的表演。

幾經周折，故事發展到，Joe 若要重返陽間，得先幫一個叫「22」的陰間小靈魂成功投胎。但片中的設定是，投胎之前，每個靈魂都要先找到屬於自己生命的 spark（火花）。

問題是，這個「22」，卻原來是個「hea 精」，總是無精打采，事事提不起勁。就算有眾多偉大的靈魂先後做過它的 mentor，例如政治巨人林肯、愛心滿瀉的德蘭修女、鬥志昂揚的拳王阿里、道德楷模甘地、心理學大師榮格、文學巨匠奧威爾等，從各種崇高的理想和人性特質入手，都不能把他啟蒙。

Joe一直視爵士樂就是自己人生的purpose（我把它譯作「志向」），是自己生命的全部，對Joe來說，spark就是purpose，purpose就是spark，於是也就從這個方向入手，幫助「22」尋找人生志向，但結果與前述一眾偉大的mentor一樣，徒勞無功。

陰差陽錯，「22」借Joe的肉身來到人間，有機會體驗人生，卻透過看似平凡無奇的生活日常，例如吃到一片普通但美味的pizza、看著一片落葉從藍天飄然而下、感受涼風吹透全身……找尋到spark的所在。「22」從此領悟到，原來平凡如走路，只要好好去體驗和享受，就可找尋到自己生命的spark，遂終可以成功投胎做人。

《靈魂奇遇記》一片，就是如此跟大家探討spark和purpose之間的辯證關係，志向縱使偉大，但卻不能取代生命的火花。

近來，身邊不少朋友都感到十分沮喪、傷感、失落，覺得在這困難時期，似乎已經無事可為，無力感很重。一年前士氣如虹，如今卻墮入陰溝，一時間實在難以適應。

不斷有朋友問，今天還有甚麼可做？怎樣才可繼續實現志向？老實說，我也不懂得回答。究竟下一步可以怎樣走，相信大家都要慢慢摸索。

但在前路清楚之前，與其鑽進死胡同，心情沉鬱，懷憂喪志，倒不如先調整一下情緒，放寬懷抱，好好生活。當你重新發現這個世界的美好，以及點燃起自己生命的火花時，也會精神抖擻，重拾力量。

我們需要調整心情，如果每天都處於高度緊張、神經兮兮的狀態，人也不可能支撐得太久。就像一把弓，若然無時無刻把弦都拉得滿滿，它也會很快折斷。這是一個需要「鬥長命」的年代。

百轉千迴之後，大家往往發現，在偉大的志向以外，生活日常，當中微細的火花、喜悅，和幸福，才是撐住大家，邁步向前的力量。

人生，點滴都可是風景，就是這些美好風景，讓大家珍惜生命，珍惜香港，抖擻精神，重拾力量，重新上路。

二、此心安處是吾鄉

一期一會

望穿秋水，終盼到台灣跟香港通關，三年疫下從未離開過香港，結果第一次還是給了台灣，雖然事忙，還是騰出數天，匆匆赴台北一趟，為的就是想見朋友。今天彼此花果飄零，再難想見就見，他鄉重逢，竟有點恍如隔世的感覺，就算我生性拘謹，但見面時也忍不住一一擁抱，只差沒有潸然淚下。

與朋友飯聚，地點當然交由對方拿主意，畢竟客隨主便。但當自己一個人的時候，還是愛去永康街打發，不是為了那小籠包名店，而是那裡有我喜歡的老字號牛肉麵，也有外層焦脆內層酥軟的街邊檔蔥抓餅，更有地道台菜做得頗出色的小店，都是自己已經久違了的味道。就算只是買瓶豆漿，再加個前述的蔥抓餅，坐在公園的長櫈上，邊喝邊吃邊看行人，也是愜意的時光。

永康街附近還有青田街，這裡一帶是日據時代台北帝國大學（即後來台大）教授的宿舍群，房子建得很有和風，且四周綠樹成蔭，充滿書卷氣。如今這裡很多古舊的日式平房，紛紛改建成食肆和茶館。當中的一間茶館，是我喜歡的歇腳地方，到這裡坐下，沖一壺好茶，點一支檀香，望著園內的一片翠綠，一身僕僕風塵得到洗滌，驛動的心也得以平復，驟然不覺身是客。

這間優雅茶館，牆上掛上一幅字畫，上面寫上「一期一會」四個大字。這是日本茶道上的成語，出自該國茶道宗師千利休的弟子山上宗二，意思是，每趟茶會，都是一輩子只有一次的相會，哪怕是將來同一班人在同一個場所再次舉行茶會，但因為各人際遇、心境已經有所不同，彼此出席時已非昔日自己，那又是另一番光景。因此每趟茶會，日後都無法重來，既是一輩子只有一次的相會，故賓主也須彼此以誠相待。

如今碰上大家花果飄零，「一期一會」四個字，就更有共鳴，難得今天有緣相聚，下次又會是幾時呢？到時彼此仍會是今天的你我嗎？又或者，還有下次嗎？

遠路不須愁日暮

這趟赴台灣，去了胡適墓園一趟，在箴言牆上看到胡手書的「遠路不須愁日暮」，這句其實是出自明末清初大學問家顧炎武。數百年前一代宗師的風采，晚輩自然無緣一睹，但在健民身上，我還是可以體會到這句話的境界。

去台灣是為了想見朋友，朋友之中，最想見的，又莫如是健民。我倆相交、相知、相扶持二十多載，如今卻礙於形勢，而要分隔兩岸。

約了在景美溪畔見，碰面時，大家都忍不住來了個深深擁抱，竟有點恍如隔世的感覺。與大夥兒晚飯前，他先跟我在夕陽下漫步長廊，又帶我入校園內看連儂牆，看時心裡不禁黯然，感嘆這點火種要在這裡才能得以延續。

他知我喜歡喝茶，隔天，又駕車帶了我往貓空山上品茗，原以為可以一覽山下市景，無奈卻碰上陰雨綿綿，但卻也體會到另一番「空山寂寂，靈雨瀝瀝」的景致。

在這空山靈雨的氛圍下，彼此互道別後近況，也談到朋友們的遭遇和處境，有別於一些人的憤慨以及責難，他對很多事情都能諒解，總能夠體恤別人難處。此外，今次亦聽到他很多新計劃，實在讓我自愧不如。他雖然已經年過耳順，但仍永不言倦，永遠充滿正能量，且難得的是，他不會讓別人感到壓力，總是包容別人的躊躇。他的親切笑容，亦能舒解別人的壓力和不安。

臨別時，他送了其新書給我，上面寫上「感謝多年來相互支持」，更特別題了八個字：「安住當下，常懷希望」。他也託我帶了些書返香港，轉給那些正在受苦受難的朋友。

當我還是沉吟著「浮生若夢，幾度秋涼」時，從健民身上卻讓人體會到甚麼是「遠路不須愁日暮」，這就是我倆水平上的差距，他永遠都是一個大家佩服的領袖。

順帶一提，「遠路不須愁日暮」，下一句是「老年終自望河清」，換句話說，就是要「鬥——長——命」。

君子固窮

健民託我帶給困厄中朋友的書，其中一本是韓國作者申榮福所著的《話語》。申曾因政治原因而成階下囚，但卻獄中苦讀成材，出獄後當上大學教授。晚年他把自己的課堂和講授內容輯錄成這本書。健民說最想跟大家分享的，就是書中第六章所說的「君子固窮」。

這是有關孔子的事跡。孔子一生在政治上可算失敗，抱負難展，不像張儀之流般，「人無恥便無敵」，可以連橫六國，口蜜腹劍，左右逢迎。到了五十五歲之齡，孔子還得踏上長達十四年之旅，說好聽是周遊列國，但其實卻是政治流亡。

有次孔子一行人在陳國斷了糧，跟隨的人都餓病了，甚至軟癱在地，但孔子卻仍然從容地講學誦詩，彈琴歌吟。

一向衝動的子路，忍不住憤憤不平地問：「君子亦有窮？」意思就是：難道君子也有窮途困乏的時候嗎？

孔子答：「君子固窮，小人窮斯濫矣。」意思就是：君子即使窮途困乏，依然固守節操和本份；相反，小人身處逆境，則易想入非非，胡作非為。

「君子固窮」，這可說是孔子思想的精粹。

書中還提到，日本作家井上靖最後遺作，用以闡釋孔子思想的一部小說《孔子》，內裡一則故事。

話說有個晚上，碰上風雨交加，孔子一行人到農舍避雨，面對傾盤大雨和電閃雷鳴，孔子和他的弟子顏回、子路、子貢等人，安靜端坐，恭敬地等待風收雨停。小說中虛擬的主角，一個雜工蔫薑，望到閃電時這些人被照亮的臉，只見神色自若。霎時間，他只覺這群人懶理風吹雨打、電閃雷擊，也要從容地接受天命，遂受到莫大衝擊，毅然決定從此要追隨他們走下去。

這個故事就是井上靖針對「君子固窮」的文學創作和闡釋。

孔子雖在政治上失敗，但千百年後，卻成了「萬世師表」；張儀雖然加官晉爵，但卻為後世所不齒，留下一身罵名。

應似飛鴻踏雪泥

朋友早兩年過了台灣，本想在此安身立命，不料當地政府政策反覆，對港人諸多刁難，且有逐漸收緊之勢。朋友心死，所以在計劃「二次移民」，轉到英國去，雖然天氣、食物、文化都不稱心，但好歹BNO政策也較清晰可依，讓他不至無所適從。他說身邊不少港人朋友也有類似打算。聊天時，他實在不勝感慨，畢竟，兩三年內，兩度移民，是件很疲憊的事，搬家固然操勞，心理上的適應，卻更耗人。情緒低落時，他甚至想起吉卜賽人淪落天涯的命運。

我說，港人命數如此，與其想起吉卜賽人，自怨自傷，不如豁達一點，學學蘇東坡那四句詩所說：「人生到處知何似？應似飛鴻踏雪泥。泥上偶然留指爪，鴻飛那復計東西。」

蘇東坡一生六十四載，竟先後在十多個地方落腳和生活過，除了二十歲前在故鄉四川眉州外，其它地方多是短短兩三年，當中黃州、惠州、儋州（分別位於今湖北、廣東、海南境內），更是遭貶謫後流放的窮鄉僻壤，可謂飄泊一生。但難得他始終以一個樂觀的心態去面對，樂天知命，隨遇而安。

半杯水，端視乎你從哪個角度去看。去一個新的地方生活，也是如此。例如，蘇東坡去杭州時便作詩說：「我本無家更安往，故鄉無此好湖山」，杭州有湖有山也不錯呀！至於被貶謫流放，則何妨視作：「未成小隱聊中隱，可得長閒勝暫閒」。好呀，做個閒人也不壞！

鴻，又或者鴻雁，是種候鳥，換句話說，它會在季節流傳中飛來再去，居無定所。偶爾落在雪地上停留，稍作棲息，後又飛走。雖曾雪地留痕，但未幾，又被新雪掩蓋。或許，人生也是如此。

今天，不少朋友，命數也是如此，到了一處地方，逗留了些時間，又要離開，東西南北，人如浮萍，身不由己。

既是如此，也只能豁達一點，處處無家處處家。還是那八個字：樂天知命，隨遇而安。

日暮鄉關何處是

近日，又送別了一位中大同事，她也是選擇了移民。

以往日常在中大上班，一天中最愉快的時光，就是跟同事去午飯，雖然中大飯堂食物普普通通，但都說，最美好的風景是人，飯菜實屬其次，能夠跟同事天南地北的「吹水」（聊天）近一小時，在悶局和抑鬱中，十分治癒。

只可惜，過去幾年，同事退休的退休，走的走，再加上疫情肆虐，大家都WFH（留家工作），部門辦公室走廊，常靜如深海。跟同事午飯時只能嘆句良辰不再。

「伴」失而求諸「野」，在這樣環境下，逐漸跟鄰系的Eva和Emily見多了，我本來識的是Eva，經她介紹再識Emily，兩人遂成了我新的飯友。

也是在這兩三年，時局進一步江河日下，都說：每日大家都痛不欲生，在最痛的時候，還可苦中作樂，是這個時代大家最需要的能力。

於是，午飯「圍爐」，也成了困乏和鬱悶中的寄託。

Emily不像我其他同事和朋友，儘管她也是社運組織中人，但卻沒有那麼尖銳的稜角，反而比較傻呼呼，且也「順得人」，就算談的多也是圈中事，跟她一起也比較舒服。她為人更古道熱腸，常為我的事操心，勞心勞力。

如今，Emily也走了，很多朋友也選擇了遠走他方，想不到，三十多年後，香港人再次要經歷花果飄零。

日暮鄉關何處是，山城煙波教人愁。

在日出時上路，太陽會為人帶來光明和暖意；但在日暮時告別，前面卻是長夜和冷清。

飄泊於「黃金時代」

那是一個動盪的年代，一個柔弱卻又剛強的女子，在漫天烽火裡，由哈爾濱、青島、上海、日本、武漢、重慶，一直無盡飄泊，最後更南下香港，為的是抗拒在一個封建家庭裡被父親支配和迫婚；為的是對愛情的追求；為的是命運自主。

這位女子名字就是蕭紅。

就是在這些飄泊、顛沛流離的歲月中，蕭紅踏上寫作之路，即使在最艱困、潦倒的日子裡，她也從未放棄過寫作。就算負心男友把懷孕的她始亂終棄，遺棄在旅館裡，讓她欠下大筆食宿費，以至旅館老闆準備把她賣到妓院，在幾近走投無路的絕境，她仍在簡陋的桌子上寫詩，沒錯，是寫詩。

就著這段故事，朋友黃念欣，介紹我看跟蕭紅曾經廝守的男友蕭軍，在《蕭紅書簡輯存注釋錄》一書中的回憶：

當時蕭軍在哈爾濱一家報館工作，報館接到蕭紅致函求救，於是他奉命到旅館探望。他如此形容當時第一眼看到她的情景：

「……一股霉氣衝鼻的昏暗的房間……，她整身只穿了一件原來是藍色、如今顯得褪了色的單長衫，『開氣』有一邊已裂開到膝蓋以上了，小腿和腳是光赤著的，拖了一雙變了型的女鞋；使我驚訝的是，她的散髮中間已經有了明顯的白髮，在燈光下閃閃發亮，再就是她那懷有身孕的體形，看來不久就可能到了臨產期了……」

面前是個如此披頭散髮的女人，但眼利的蕭軍，瞄到簡陋的桌子上放著蕭紅寫的幾句詩：

「這邊樹葉綠了，那邊清溪唱著。

姑娘啊！春天到了。

去年在北平，正是吃著青杏的時候；

今年我的命運，比青杏還酸！」

一個被遺棄在旅館瀕臨絕境的弱質女子，竟然還能寫詩來鼓勵自己，還能輕描淡寫、苦中作樂的說一句：「今年我的命運，比青杏還酸！」

這就是蕭紅的生命力，也是這種生命力，深深打動了這個後來跟她一起廝守的男子。

後來，蕭紅成了一位出色作家，更被後人譽為民國「四大才女」之一。她寫下被魯迅形容為以「女性作者的細緻的觀察和越軌的筆致」，道出幾位農村婦人血淋淋悲慘命運的成名作《生死場》，後來又寫下她最成功、回憶故鄉的長篇小說《呼蘭河傳》，以及其它一系列回憶故鄉的中短篇。

導演許鞍華把蕭紅一生的經歷拍成電影《黃金時代》，找來外表柔弱但氣質卻同樣倔強的女星湯唯來飾演蕭紅，為那個動盪年代，留下一頁史詩。

我對片名《黃金時代》有點疑惑，黃念欣告訴我，在《蕭紅書簡輯存注釋錄》一書中，蕭軍亦提到，當蕭紅為了躲避感情困擾而東渡日本暫居後，在一九三六年十一月十九日曾經寄信給他，信中說：「自由和舒適，平靜和安閒，經濟一點也不壓迫，這真是黃金時代，是在籠子過的。」

但諷刺的是，在這段旅居日本，自由、舒適、平靜、安閒、經濟一點也不壓迫的「黃金時代」裡，蕭紅卻沒有寫出過特別出色的作品，反而她離開「籠子」，返回中國，重回飄泊、顛沛流離的生活，以至最後逃難到香港，在她貧病交迫的生命最後歲月裡，卻寫下了自己最成功作品，回憶故鄉的《呼蘭河傳》。

因此，可以說，飄泊固然讓蕭紅受盡折騰，但卻也同時成就了她的寫作，把她對故鄉的思念，沉澱成偉大的文學作品。

台灣女作家徐淑卿曾經如此寫：

「只有在鄉愁與旅途之中，『家』才能展現最深刻的美好，故鄉也才能像一個隱形的錨，深深的維繫住遊子的思念。」

流亡法國的捷克名作家米蘭．昆德拉，在其小說《無知》中，不無夫子自道的描述。流亡者尤利西斯，本來畢生無時無刻不在想家，到了一天終於可以回鄉了，但這顆一直飄泊無依的心靈，卻赫然發現那是另一回事：

「二十年裡，尤利西斯一心想著回鄉。可是一回到家，在驚詫中他突然明白，他的生命，他的生命之精華、重心、財富其實並不在伊塔克，而是存在於他二十年的飄泊之中。」

我相信，蕭紅一生生命中的精華，也一樣是在她十二年的飄泊之中。

此心安處是吾鄉

近日赴英近三星期，這是我疫後首次長途旅行。冬天的英國又冷又濕，且四點鐘天黑，並非旅行好季節，但無所謂，此行目的非觀光，而是見朋友（包括前學生），結果見了近三十人，看到他們都適應和生活得很好，也就心寬了。

前些時候，有女士移民英國後水土不服，返港後在機場激動落淚，被藍營炒作，渲染移民英國「攞苦來辛」。但此行看到的，卻是另一回事。

朋友並無長嗟短歎，反而分享如何融入當地，沒有一個後悔當初決定。問到會否返港，有幾個甚至斬釘截鐵地說：「我不會再返香港了！」有人甚至明說：「若連訂閱Patreon，都要擔心又拉又鎖，那麼為何還要冒險返港呢？」

事實上，我真的有位朋友，她乘機返港探親時，遇上些阻滯，即使入閘後，機票和名字仍反覆被核查，這讓她起疑，究竟是甚麼地方出了問題呢？胡思亂想下，想起自己曾經訂閱了某人Patreon，又想起有人因而被拉的個案，頓時心亂如麻，之後十多小時航程，不禁提心吊膽，雖然最後證實是虛驚一場，但這已經讓她想，以後是否「攞苦來辛」受這種折磨呢？

此行見的，並非全是上岸中產，也有三十歲的世代，需要為生活打拼的前學生，看見他們找到工作，安居樂業，且迎接小生命降臨，尤感安慰。今時今日，生孩子需要勇氣，喜見他們在彼邦找到了這份信心。

當然，朋友心態上也有轉變，昔日在港雄心壯志，如今卻多專注生活，彼此話題往往是食物、烹飪、家事百科。

有朋友為了招呼我而特地烘焙蛋撻，竟有板有眼，有店售水平六成，且只是為了幾個蛋撻，另一朋友應邀駕車到來分享，還打包了半打，帶回家給孩子。

又有一朋友笑稱自己家成了英國西南部友儕聯誼中心，不少人都慕名要嚐她做的清湯牛腩，旁人笑說簡直是「蜚聲中外」。

就是這樣，食物成了彼此間重要橋樑，較香港更甚，且大家都樂於分享。

我發現人與人的關係，在這裡 close 了很多，畢竟人在異鄉，大家都知道香港人要互相扶持，守望相助，一改大家在港的疏離。

「此心安處是吾鄉」，哪裡能讓自己心安和自在，哪裡都可以是家，哪裡都可以安身立命，這是在千年之前，蘇東坡已經道出的一個人生至理。今天移民潮方興未艾，此話猶如暮鼓晨鐘，發人深省。

宋神宗年間，出現了一宗文字獄冤案，受害人正是蘇東坡。當時朝廷推行新政，當權者指控蘇的詩詞暗中妄議新政、譏諷朝廷（用今天的話，就是搞「軟對抗」），蘇因而被捕下獄，定罪後被貶至湖北黃州（又是黃州，跟說「清明時節雨紛紛」的那位詩人杜牧命途相同），此為「烏臺詩案」，當中牽連多人，但這些人其實也只不過是跟蘇有往來，又或者發了些牢騷，議論了一下新政而已。

當中有位叫王鞏，他被貶至嶺南賓州。蘇東坡對連累朋友，一直心存愧疚。幾年後，事過境遷，兩人先後回京，彼此再聚時，蘇寫了首詞抒發心事，最後幾句便是：「試問嶺南應不好，卻道，此心安處是吾鄉。」蘇東坡問王鞏在嶺南該吃過不少苦吧？沒想到王卻回答，還好，只要能讓自己心安定下來，哪裡都可以是自己家鄉，好好過活。

今天移民潮方興未艾。為了配合主旋律，當然要「唱好香港」，以及「唱衰別人」。有媒體、專欄不斷挖出移民個案，投訴港人移民熱點如英國，那裡人工有幾低、生活開支有幾高、冬天有幾冷、夏天無冷氣、交通有幾不方便、食物有幾難食……相反，香港不知有幾繁華，生活有幾舒適便利，譏諷移民者「有自唔在，攞苦來辛」。

未經深思熟慮而倉卒移民者當然有，但起碼我那些移民朋友，卻未有聽聞他們整天怨天尤人，反而努力去適應新生活。英國前述缺點，他們怎會不知，但若然要他們說句話、寫篇文章、繪幅漫畫、發個帖、穿件黑衣、點支蠟燭，都可能招惹麻煩，提心吊膽，要拉要鎖，他們就情願另找可讓自己心安的地方，安身立命，為家人尤其是子女，另建家園。

其實蘇東坡並非唯一一個講過類似道理的人，早他兩百多年，唐代詩人白居易，也曾說過：「身心安處為吾土，豈限長安與洛陽。水竹花前謀活計，琴詩酒裡到家鄉。」長安和洛陽當然繁華，但落葉歸根卻不一定要限於此，有水、有竹、有花、有琴、有詩、有酒，就可以是家園。

而對於很多香港人來說，還要有自由。

别矣，見山！

週日，去了見山書店，陪它走完最後一程。

當日我估前後有數百人來過，就算晚上六時半書店關門、熄燈，但人們仍戀戀不捨，不願離開。

我是個社科人，會買的大都是社科和歷史書，而見山店主比較文青，賣的大都是文藝書，因此見山於我並不屬於功能性。來這裡，反而是一種生活方式。

這裡遠離繁囂，靜靜處於都市一角，能夠給人一種平和、安寧的感覺。不開心時，上來，可讓人透透氣，這裡的文青氛圍，可讓人情緒得到舒緩、忘憂。

這是一間細小白色平房，雖然裡面能放書的空間頗有限，但一景一物都見巧思：塗上彩繪的玻璃窗、不時更換文字的黑板，讓空氣變得溫柔的盆栽、「IDEAS ARE BULLETPROOF」的馬賽克，以及近日印上「由字及興」的布袋和畫。

店前常會開了些桌椅，讓大家倦時可坐下，店主還時會為你沖一壺茶，甚至開一瓶酒，就這樣大家聊一個下午。

這裡會有不期而遇，那就是不需要相約，也能在這裡遇見朋友，大家可以聊天。而不期而遇，是一種快樂。

以往，大家知道，每年某些日子，你去某些地方，一定會碰到很多相熟面孔，多年來如是。無奈，如今這些場所已不再存在。大家於是想，究竟還有甚麼地方，可以讓人碰碰頭，聊聊天，又或者只是點點頭，報以一個微笑，甚至只是知道對方仍然安好、仍在我城，那就好。

逐漸，見山，以及一間又一間的獨立書店，就成了這樣的地方。

健民說，當日在思量是否要另尋避風港時，曾到過見山，倚在閣樓窗前，看出窗外，讓他添了幾分躊躇。他又提到，在這裡碰到一個醫生，對方也說一直掙扎是否移民，但看著上環太平街一帶風景，覺得香港很美，捨不得離開。

這個城市，有著很多在知性上有所追求的人，他們戀戀我城，是因為這樣的角落。一旦就連這樣與世無爭、避開漩渦的角落，亦再也不容於我城，你還能如何說服他們留下？難道就憑膠蛋、膠花，又或者繽紛？

為何見山和那麼多獨立書店，要承受這麼大壓力，甚至要關門？我想，我們是被虧欠了一個答案的。

將來有一天，或許已經在天涯海角，但我會懷念與 Sharon，坐在見山門外，吹著涼風，呷著香檳，嚐著草莓，無所不談，那一個慵懶的黃昏，那是大家曾經深愛過的香港。

三、無邊落木蕭蕭下

人若流水，但明月卻千古

王昌齡有句詩，「秦時明月漢時關」，意思就是，無論朝代如何更替，新疆變作故土，故土變作他鄉，明月依舊高高映照。

人與月的美麗邂逅，不知始於何時，唯一可肯定的是，人事易逝，一代接一代，無窮無盡，但月亮卻千古不變。

「今人不見古時月，今月曾經照古人。」每當想起李白這兩句詩，就會提醒自己，個人在歷史洪流中，本來就微不足道。

詩人想說的是，人的一生放在永恆的大自然中，只不過是匆匆一瞬。

雖說月是永恆，但它卻並非始終一成不變，所以，蘇東坡說：「人有悲歡離合，月有陰晴圓缺。」

朔月是農曆每月初一，天上再看不到半點月色，漆黑一片，但情況逐漸會有變化，月亮會一點點長出來，於是一步步，蛾眉月，上弦月，盈凸月，到了每月十五，終成滿月，那就是月中月亮最圓滿、明亮之時，之後再一步步，虧凸月，下弦月，殘月，再回到朔月，完成一個循環。

陰晴圓缺，意思本也就是如此，周而復始，生生不息。

年輕人曾經十分絕望，以「朔夜」自比，但希望他們明白，朔月也只不過是一個階段，朔夜無光的日子，總會過去。

真理就像月亮，雖然高懸空中，但卻有陰晴圓缺，諸多形相。

今月古月同一月，古人今人非一人。人若流水，但明月卻千古。我們都只不過是歷史的過客，但我們是過客，並不代表世間上沒有一些信念和真理如月亮般永恆。

明晚中秋，只盼大家賞月時，能夠向明月學得一顆平常心，坦然面對世局的種種起落跌宕。

落木蕭蕭，長江滾滾

中國人自古有重陽節登高的習俗。「詩聖」杜甫，晚年飄泊至夔州，生活困苦，百病纏身。翌年，他在重陽節獨自登高，觸景傷懷，寫出了〈登高〉這首詩：

風急天高猿嘯哀，渚清沙白鳥飛迴。
無邊落木蕭蕭下，不盡長江滾滾來。
萬里悲秋常作客，百年多病獨登臺。
艱難苦恨繁霜鬢，潦倒新亭濁酒杯。

可以想像，暮年杜甫，長衫飄飄，背手而立，山上面對蒼茫天地，蕭索秋意，不禁思緒萬千，悲從中來。耳聽呼嘯秋風，眼看蕭颯蒼涼，半生飄泊的苦楚，前路未知的彷徨，在登高臨遠這一刻，通過這首詩，一下子都抒發了出來。

這首詩被譽為最美七律，詩中八句，每兩句都對仗工整，且能全詩一氣呵成，意境非凡。

頭兩句短短十四字，便包含六種景物：風急、天高、猿嘯哀、渚清、沙白、鳥飛迴，襯托出秋天的蕭索悲涼，以及眾生的倉惶無主。

接著兩句，落木蕭蕭，長江滾滾，寫的已經不單是景，更是暮年卻要面對時代洪流的無力，時間長河下生命苦短的無情。歲月昭昭，卻也無法重染白髮銀絲。

孔子說「逝水如斯」，慨嘆的是時光消逝之無奈；但杜甫說「長江滾滾」，徬徨的卻是時代洪流之洶湧。

大江滾滾，帶來的是一種巨大的壓迫感，一己彷彿無處可避，只能眼巴巴淹沒在滔天巨浪之中。

杜甫感到無力的，是安史之亂後，社稷傾覆，江山搖搖欲墜，黎民水深火熱；而我們感到無力的，卻是百年變局，風起雲湧，世衰道微，禮崩樂壞。

杜甫寫〈登高〉一詩時五十六歲，經歷了唐朝由盛入衰的重要轉折；如今我也年近耳順，亦見證過香港的流金歲月。我們兩人面對時代的無力感，別無二致。

浮生若夢，幾度秋涼

中秋、重陽先後已過，逐漸步入深秋，朝晚都感到一份涼意。近年人比較多愁善感，不期然想起蘇東坡兩句詞：「世事一場大夢，人生幾度秋涼」。

過去幾年，適逢巨變，很多人曾經滿懷雄心壯志，如今只覺一場大夢；短短幾年，多番折騰，也讓人不禁感慨幾度秋涼。

上週走進戲院，看了張婉婷導演花上十年時間拍攝的紀錄片《給十九歲的我》。那是為了見證其母校英華重建而拍，當中記錄了學校由半山原址暫遷深水埗，在這借來的地方、借來的時間，幾位女生由中一至中六間的成長、變化、困惑，也側寫了時代變遷，以及這塊土地的命途。

片中沒有避開期間香港所發生幾件政治大事，更訪問了女生以及校方，事件對其衝擊。有意思的是，片中還拍攝了校內一人一票選學生會的過程，老師教導學生，希望她們能夠從中學習民主，那就是學識如何「去選擇」、「被選擇」，以及尤其重要的，泰然接受「不被選擇」。英華女校是香港其中一間最早有學生會的學校。生於一九四九，學生會由民選產生，非由校方委任或推選，而選舉制度也沒有「被完善」。

青春是美好的，面對陰晴不定的每個明天，女生始終保持對未來的憧憬。師長面對學生在青春期的反叛，也緊守理念和初心。老校長回憶自己一次外遊，見到大自然裡一些風化景物，得知原來這是經千百年沉積而成，頓悟何謂永恆。此刻，此生，也是永恆當中一個片段，教育，世情，莫不如此。

導演在片末結語：十年匆匆，晃眼已過，但有些事情卻是永恆的。不錯，過去十年，無論結局如何，有些事情已經成了永恆，大家都「在心中」。片中反覆播放一首老歌 *Those were the days*（都是那些日子）：

Those were the days, my friend
We thought they'd never end
We'd sing and dance forever and a day
We'd live the life we choose

We'd fight and never lose

For we were young and sure to have our way

走出戲院，已近午夜，秋風颳起，呼呼而響，不勝蕭颯；走進家門，望向鏡子，忽覺鬢上，又多了幾根銀絲。

過時過節，回家好好吃餐飯

王爾德（Oscar Wilde）說過：「好好吃餐晚飯之後，任何人都可以原諒，哪怕是親戚也不例外。」

不錯，齊齊坐下，好好吃餐飯，打開心扉，確是人際關係修復的起點。

無仇不成父子，無怨不成夫妻。很多時，我們跟家人的關係，對家人的包容，遠遠不及朋友。

近年，不時會思考這個問題，終領悟到，我們往往把自己最真實、最任性的一面，留給家人，因為我們潛意識知道，得罪家人，是沒有代價的，無論如何，家人始終都會原諒自己，尤其是父母，但外人則不然，哪怕是好友，遑論相識、同事、客戶，因此我們都曉得待人處事要有所節制，甚至是戴上一副面具，裝作好人。

於是，大家總把脾氣和任性留給家人，且也不會去想這是否對家人公平。

年紀漸長，知道自己不對，但卻總是不好意思開口，結果，就是多了回老家吃飯，身邊不少朋友也是如此。

以往覺得過時過節是繁文縟節；相反，如今卻覺得這可是對家人的一種補償，因此也倍加珍惜，且難得彼此也心照不宣。尤其是在這個年頭，一家三代整整齊齊，一起過節、吃飯，還可以有多少回？誰也說不準。

近日走進戲院看《過時．過節》，故事講述一個家庭，因著些生活日常，諸如母親嘮叨、父親火爆、兒子反叛……一次衝突和意氣，父子從此彷如陌路。多年後，有心人想把一家重新拉回一起，回祖屋做冬，好好吃餐飯，修補眾人間的嫌隙，這也成了故事的主線。電影拍得平淡，但過時過節，回家好好吃飯，那份期盼，卻讓人有所觸動和共鳴。

踏出戲院，心裡千迴百轉。昨天是冬至，希望大家都能夠有機跟會家人過節，好好吃餐飯。

只是未到理解的時候

朋友看了《過時．過節》一片，但對劇情卻不以為然，他說不能理解，為何父親會霎時間情緒大爆發？為何兒子又會那麼偏執？為何一家人總是在迴避問題？尤其是，為何簡單一句「對不起」，那麼難說出口？

我說：「It's a matter of timing（那要看時機），時候未到，不要說『對不起』三個字說不出口，就算說了，也起不到作用。」

大家為此爭論了一會，別時，我輕輕拍了拍對方膊頭，說：「朋友，並不是你不能理解，只是未到理解的時候。」

年輕時，ego很大，總覺得自己甚麼都對，別人甚麼都錯（尤其是父母），說到底，就是少了份同理心，不曉得代入別人的處境去想問題，理解對方感受，體諒對方難處。

而同理心，並非讀書能夠讀回來，而只能透過成長、生活、際遇，去慢慢領會，那需要歲月的洗禮和沉澱。

很多事情，旁觀者覺得理所當然，輕而易舉，但換轉成當事人，卻成了莫名的心結。

很多人，對住朋友，可以談笑風生；對住客戶，能有如簧之舌；對住對手，更可雄辯滔滔；但偏偏對住家人，卻變得舌頭打結，難以啟齒，只能透過發脾氣，又或者「粒聲唔出」，兩個極端，去迴避問題。

關係愈親，愈難抽離；愈著緊對方，彼此間壓力也愈大，而對方所需要的，往往只是喘息的空間；有些問題，愈近看，反而愈看不清楚。

我十分喜愛片中最後一幕，導演用遠鏡拍向祖屋，讓大家看到家中各人，各在一角，或在廳，或在房，或在露台，或在屋旁，各有心事，各自修行。昏黃燈光下，畫面拍得很美，展現久違了的和諧。但更重要的是，導演像在告訴我們，不妨隔點距離去看問題，以及，同一屋簷下，該讓各人有自己的空間，尊重各有自己的生活方式、各有自己的選擇。

所謂同理心，也不過如此。

除夕夜的蕎麥麵之憾

除夕夜，日本人有吃蕎麥麵的習俗。細長的蕎麥麵，除了寓意長壽外，吃時咬斷麵條，也有「斷了過去一年霉運和不好緣份」之意。

去年看日劇《孤獨的美食家》的年尾番外篇，主角為客人放完煙花後，天寒地凍，就以吃上一碗蕎麥麵來度歲，他說，沒有想到，過去一年會這樣地過（我猜他在講疫情），但最後還能平平安安吃上一碗蕎麥麵，已算十分幸福。

近日，收到一位舊生來信，近年他遭逢劫難，在困厄中，難免思前想後，信中提到，他也想起了年前除夕夜一碗蕎麥麵的往事。

話說那天，他身在日本，收到當地朋友邀請，晚上到其家中吃蕎麥麵度歲，但想到過年，也不好意思去打擾人家，妨礙別人享天倫之樂，因此最後還是婉拒。

之後，來日大難，人難免會思前想後，如果那夜去了吃蕎麥麵、如果跟舊有的緣份了斷、如果……那麼人生又會否有所不同呢？他說每次想到這裡，心裡難免十分糾結。

而我讀信讀到這裡，心裡也是一片黯然。

因被誣告而陷冤獄，日文版《共產黨宣言》最初的翻譯者之一，明治年代記者幸德秋水，一九一一年元旦，寫下自己最後一封信，當中以漢字寫了一首詩：「獄裡泣居先妣喪，何知四海入新陽，昨宵蕎麥今朝餅，添得罪人愁緒長。」

詩的大致意思是說：獄中為母喪而哀傷，未察時光流轉，直至昨夜吃到蕎麥麵，今早吃到年糕，才知原來已經是新年，但卻只讓他這個「罪人」徒添愁緒。

除夕夜，幸德秋水吃了蕎麥麵，只可惜，並沒有因此改變其命數。

世間並沒有如果。或許，天數注定，有些事情，是禍躲不過，也不用太過介懷那晚有否去了吃麵。但求平復心情，挺過當下困厄，好好地活，以餘生報答那些曾經珍惜過自己的人，在可行範圍內，盡量積福行善。

最後，正如你說，有些緣份，既珍且重。所以，無論發生何事，你我師生情誼不變。

「人日」：女媧vs上帝造人

今天是「人日」，為何古人把年初七稱為人日呢？

早於漢代，人們就把正月頭七日依次定為雞、狗、豬、羊、牛、馬、人日（還有一說，也把初八定為穀日）。北宋《太平御覽》更有神話化敘述，說女媧正月初一創造出雞，初二造狗，初三造豬，初四造羊，初五造牛，初六造馬，到了初七，用黃土和水，按自己樣子造出了人，但後又覺得一個一個造太慢，改用藤條，沾滿泥漿，揮舞再濺出人形，所以初七是人日，也是眾人生日。

一週七日，按自己樣子造人，讓人不禁想起《創世紀》裡上帝造人的敘述。

當然兩者不同的地方是，《創世紀》裡的上帝，格局要大得多，祂那一週，第一日造出光，並分開晝夜；第二日造出空氣，且把氣和水分開；第三日再把水陸分開，並造出植物；第四日造出星辰；第五日造出鳥和魚；第六日造出動物和人；第七日休息。

相比，女媧那七日，隨了人之外，只造出六種家畜／家禽，格局無疑小得多，但這神話也反映了農耕文明的視角。且有點可聊以告慰，那就是女媧比上帝勤力，週中無休，做足七日，反映中國人的勤勞特質。

正月各天只包括雞、狗、豬、羊、牛、馬六種家裡畜禽，但十二生肖另外還有龍、蛇、虎、兔、猴、鼠，為何不包括後六者呢？原來，這與農耕文明和占卜有關。

占甚麼卜？那就是占卜新一年家裡禽畜會否平安。方法是，初一至初七，朝早醒來，看看天色，若天氣晴朗，那對應之物就會健康成長、繁衍順利，若陰雨的話，那就……

用古人話說：「其日晴，則所主之物育，陰則災。」因此，農民可用這幾日天氣，來決定來年該投入飼養哪種禽畜。

例如杜甫的詩：「元日到人日，未有不陰時。冰雪鶯難至，春寒花較遲。」大概意思就是，那年初一到初七，日日陰天，擔心來年動植物皆不順，日子難有好過。

說回人日，這天天氣也可用來預示來年人丁是否興旺。

寥落每是收燈時

「上元三夕過，年節隨燈盡。」昨夜是元宵，過後，新春又從喧鬧復歸平常。說「三夕」，是因古時元宵燈會長達三晚（甚至也有五晚），由正月十四到十六，比如今要長，無它，古代有宵禁，難得御准破例解禁，又豈會不盡興？但雖說元宵歡欣，諷刺的是，古人講述元宵的詩詞，不時會帶點哀愁。

「樓台寂寞收燈夜，里巷蕭條掃雪天。」可以想像，元宵過後，宵禁恢復，市面一下子從喧鬧變回寂靜。街上花燈盡收，之前火樹銀花，頃刻鉛華盡洗。四處漆黑，繁華不再，細雪飄下，倍添蕭條。前後的巨大落差，怎不讓人多愁善感。

月盈則虧，物極則反，隨著年齡漸長，總會提醒自己這個道理。

北宋著名女詞人李清照，更在元宵佳節，寫詞抒發衣冠南渡後亡國之悲：

「元宵佳節，融和天氣，次第豈無風雨。」

「中州盛日，閨門多暇，記得偏重三五。鋪翠冠兒，捻金雪柳，簇帶爭濟楚。」

「如今憔悴，風鬟霜鬢，怕見夜間出去。不如向、簾兒底下，聽人笑語。」她的意思是：以往生活悠閒，對過元宵看得很重，每每悉心打扮；如今故土蒙塵，斯人已去，自知顏容憔悴，頭髮蓬鬆，卻無心梳理，且不想出外見人。倒不如，躲在一旁，聽別人歡笑好了。

人不能活在時代之外，大詞人告訴我們，同是過時過節，撫今追昔，心境已大大不同。今天政治氣氛仍然蕭颯，昨夜元宵，不少人心情跟過往難再一樣。

小時候，取笑別人晚上有節目，常揶揄對方：「月上柳梢頭，人約黃昏後。」這兩句其實也是來自跟元宵有關的一首詩，那是由宋代名家歐陽修所寫，且大家未必猜到，原詩並非歡樂，更非戲謔，反而帶點悲愴：

「去年元夜時，花市燈如晝，
月上柳梢頭，人約黃昏後。
今年元夜時，月與燈依舊，
不見去年人，淚濕春衫袖。」

這是告別的年代，今年大家拜年時，又可有「不見去年人」之感慨？

清明時節雨紛紛

清明，本是二十四節氣之一，為何叫清明？《歲時百問》解：「萬物生長此時，皆清潔而明淨，故謂之清明。」

話雖如此，清明教人想起，卻非天清地明，反是春雨綿綿，讓人無精打采。詩人杜牧便曾寫過大家熟悉的兩句詩：「清明時節雨紛紛，路上行人欲斷魂。」說的就是這時節，雨總是下到讓人失魂落魄，再加上那時他失意，於是也就想借酒澆愁，便有了「借問酒家何處有，牧童遙指杏花村」這後兩句。

杜牧年輕時風流倜儻，年少輕狂，曾在煙花之地揚州當官，寫過「二十四橋明月夜，玉人何處教吹簫」這樣的艷詩。

但到了中年，卻開始要為各種事煩惱，他貴為宰相後人，自然希望在政途上有一番作為，於是寫出「平生五色線，願補舜衣裳」這樣的詩來明志，把自己平生所學和抱負，比作那五色絲線，一心想為聖君縫補衣裳。

無奈，受累於「牛李黨爭」，遭到排擠，至使他仕途始終不大順利，苦無一展抱負之機，甚至被外調至黃州這樣的窮鄉僻壤。〈清明〉這首詩，有專家考證，該就是在這個落泊時候寫的。

杜牧二十出頭時，曾經寫過著名的〈阿房宮賦〉，嶄露頭角，甚至因此中舉。當中結尾一段：「嗚呼！滅六國者，六國也，非秦也。族秦者，秦也，非天下也。嗟夫！使六國各愛其人，則足以拒秦。使秦復愛六國之人，則遞三世可至萬世而爲君，誰得而族滅也。」可謂擲地有聲，道出若然六國和秦王朝愛護人民，又豈至於滅亡？

之後續說：「秦人不暇自哀，而後人哀之。後人哀之，而不鑑之，亦使後人而復哀後人也。」更是醍醐灌頂，發人深省，教我們要從歷史中汲取教訓。

只可惜，後來，人到暮年，杜牧卻只能寫出〈清明〉這樣落泊的詩了。如今政局鬱悶，就如清明的苦雨綿綿，同樣教人失魂落魄。當初大家志氣昂揚，如今卻花果飄零，怎不教人黯然神傷？

但時代遍地磚瓦，也只能在雨中蹣跚而行。

屈原的撫慰

端午節又到，很多人都以為這個節日是因屈原而起，但其實不然，早在他之前，人們已經用端午來紀念其他先人。

首先，吳人便用端午來紀念伍子胥。伍曾力勸吳王夫差，要小心越王勾踐忍辱復國，但吳王不聽，且遭離間，最後賜劍要伍自盡，伍憤憤不平，留下遺言，要家人於他死後把他雙眼挖出，掛在東城門上親眼看着越國軍隊入城亡吳。吳王知道後怒極，把伍屍首裹於酒囊，於五月五日棄於錢塘江。吳人有感伍是位忠臣，遂把他奉為波濤之臣，為了不讓魚吃其屍體，遂把粽子扔到江裡餵魚，且在端午以龍舟競渡來紀念他。

這故事的後半部，簡直跟屈原的如出一轍。

伍子胥是春秋時代人，而屈原卻是戰國末期人，大家該知道，春秋早於戰國。

此外，吳國位於現今江蘇，而楚國幅員廣闊，屈原投河的汨羅江，則位於現今湖南長沙，兩地相隔何止千里。

另外，明代《新鐫古今事物原始全書》記載：「競渡之事起於越王勾踐，今龍舟是也。」同代的《歲時廣記》也載：「競渡起於越王勾踐……習水好戰者也。」兩者皆指出，龍舟源於勾踐，而勾踐也早於屈原兩百年。

這還不止，還有更早的，就算是汨羅江所在地的湖南長沙，附近的岳州，早在屈原之前千年過外，已經有以賽龍舟來紀念先賢的傳統。話說舜帝有兩個妃子娥皇和女英，二女得知夫君在南巡時死去後，痛不欲生，投入湘江殉夫，岳州人有感二女情深義重，遂以賽龍舟來作紀念。

還有浙江人紀念曹娥；陝西人紀念伏波將軍馬援，都在端午，但因兩人都生在屈原之後，所以在此不贅。

從中可見，端午可能是中國最忙碌的節日，要紀念的人多的是，屈原只不過是其中一個，也不是最早一個，但到了今天，端午卻被一致拿來紀念屈原，為何會如此呢？

這是因為屈原的人格魅力。

詩人李白，有次在江上遨遊，詩興大發，遂寫下〈江上吟〉一詩，最後幾句是這樣的：

「屈平辭賦懸日月，楚王台榭空山丘。
興酣落筆搖五嶽，詩成笑傲淩滄洲。
功名富貴若長在，漢水亦應西北流。」

屈平即是屈原，是個臣子但卻失意，是個詩人但卻孤高，遭驅逐流放，最後落得投江下場；相反，楚王卻是個國君，尊貴無比。兩人地位懸殊，看似天壤雲泥，但千帆過後，卻又如何呢？

楚靈王所建的章華台，楚莊王所建的釣台，均以壯麗和奢華見稱，但如今俱已成往事，只剩下一片荒涼山丘，樓台的主人，亦早已在歷史長河中湮沒；相反，寫下《離騷》、《天問》等不朽名篇的屈原，雖然只有一枝禿筆，但卻與日月同輝，永垂不朽。這裡看到文字的力量、真理的力量。

屈原沒有為了爭名逐利，而依附權勢，指鹿為馬，反而忠於自己，且憂國憂民，最後不惜以死明志。

功名利祿，以及權勢，都非恆久之物，莫以此喜，也不以此悲。

不錯，書是被他們下架了，但若然我們相信自己所寫，相信那是經得起時間考驗，就算未至於如屈原的《離騷》和《天問》般震古鑠金，但也不至於在歷史中湮沒。

小人和庸才當道，雞犬升天，忠良莫講有志難展，不少更在含冤受屈，我們還可如何安身立命？或許，我們可從李白寫來紀念屈原的詩，取得點點撫慰。

七夕·牆裡·牆外

有關七夕的詩詞，我認為最好的，是以下一首：

纖雲弄巧，飛星傳恨，銀漢迢迢暗度。

金風玉露一相逢，便勝卻人間無數。

柔情似水，佳期如夢，忍顧鵲橋歸路。

兩情若是久長時，又豈在朝朝暮暮。

這是秦觀的〈鵲橋仙·七夕〉，當中尤其是「兩情若是久長時，又豈在朝朝暮暮」，更是千古佳句，為被迫分隔的戀人，提供了點點撫慰。以往的詩詞，只著眼牛郎織女聚少離多的哀；但秦觀這首詞，卻讓人看到兩人愛情矢志不渝的美。

案件已經拖延了兩年多，當事人可說是受盡折騰，身心俱疲，無論結果如何，都希望盡快有個了斷，也可見到一個較為明確的期限。

可是，從此之後，他們便會倍加孤單。因為，還押期間，他們每天都能見親友十五分鐘，但一旦判了罪，便改為每月只能見兩次，每次半個小時。有情人，雖不至於像牛郎織女般，但見面機會委實少了很多。

我認識的不止一個朋友，其另一半，在過去兩年多，無論陰晴，都不辭勞苦，幾乎是天天都去探望，為的只是那短短十五分鐘，已勝卻人間無數。

有次探望朋友，他向我說，每天最快樂的一刻，就是見到太太來訪。這些話平時聽到會覺得很「肉麻」，但那一刻，我卻在朋友眼中見到淚光，也在他太太臉上看到了久違了的甜蜜和笑意。

很多年前，有次在有線電視新聞中，看到一位內地維權人士太太之專訪。她說，幾年來，支持他們一家挺下去的，是彼此的思念。在這段丈夫身陷囹圄的日子，每個月，夫婦兩人，都獲准見半個小時，丈夫跟太太說，每挺過一日，便賺到一分鐘，三十天之後，便有三十分鐘，可以跟她母女見面，之後，又依靠這三十分鐘，再度過下一個三十天。

昨天是七夕，謹以上述一首詞，送給被迫分隔在牆裡牆外的有情人。

四、胸中海岳夢中飛

牆內信主

這個暑假，不時去探望身陷囹圄的朋友，得悉他們有好幾位都在牆內信了主。聽他們說出經歷和心路歷程時，旁人或許覺得不過爾爾，但對當事人來說，卻可能是種神諭。

人心靈上的破洞，從來都不是科學或理論可以填補，宗教，始終是人苦難時的皈依。

朋友在毫無心理準備下被收押，一時間彷如墮入深淵，感到無助，意憤難平。幾經輾轉反側，發現唯一可做的，就是禱告。說也神奇，就在此時，陳日君樞機竟到來探望，不單作出安慰，且回答了他向神提問的好些困惑。旁人或會說這只屬湊巧，但對於當事人來說，腦海裡如電閃過的，卻是：神是真的聽到的。

朋友太太苦中帶甜的說，年輕時，為了追求她，朋友曾到她慕道的教堂流連，且曾經應承過她會信神，但之後，幾十年來都「走數」。想不到，到了如今兩鬢斑白，丈夫卻終於信神，讓她明白到，上天自有安排，說時臉上泛起一絲近年難得的笑意。

另一位朋友也說，牆內十分孤單，且會思前想後，很想找對象傾訴，又總不成跟虛空對話，就是這樣，便開始了向神禱告。他還說，有次牙痛難當，牢房裡霎時間不會找到止痛藥，輾轉反側，難以入眠，於是也只能選擇以禱告來寄託，結果又真的沒有那麼焦躁難安，慢慢甚至可以入睡，一覺醒來，牙便不痛了。

朋友在身處困厄時，我卻無能為力，未能為他們提供丁點的幫助和撫慰，實感無奈，如果祂可以，我會由衷地感激。

我這些朋友都是十分 critical minded，年輕時都讀過以至信過馬克思主義，講到「上層建築」（當中包括宗教）服膺於「下層建築」這類理論，可以琅琅上口，差點沒說馬克思的名言「宗教是人民的鴉片」。但到了今天，卻同選擇了信主。

理論歸理論，人心靈上的破洞，從來都不是理論可以填補的，這也是宗教和哲學的重要所在。

宗教，始終是人苦難時的皈依。

牆內苦讀《約伯記》

暑假不時探望身陷囹圄的朋友，發現他們好幾位都在牆內信了主，且在讀《舊約》聖經裡的《約伯記》。

為何會去讀《約伯記》呢？因為他們想為自己的困惑找答案：為何真誠信神的人會受苦？為何努力想活出信仰的人會蒙冤受屈？

約伯是個「完全正直，敬畏上帝，遠離惡事」的人，本有美滿家庭，且生活無憂。他並不耽於物慾，為人樂善好施，對神信仰堅定，但卻惹來撒旦嫉妒。

撒旦向神挑戰，說約伯只是為了物質利益才侍奉神，如果容它把約伯一切奪走，約伯必定會拋棄信仰和背主。神接受了挑戰，但以不傷害約伯身體為限。從此約伯遭受連串災劫和打擊，不單家財盡失，子女亦全都罹難。但這些嚴厲考驗卻並未使他動搖信仰，相反，他仍堅定地說：「耶和華的名是應當稱頌的。」

撒旦深深不忿，再次來到神前，說只要容它傷害約伯身體，約伯就會背主。

神再次接受挑戰，但以不准奪去約伯性命為限。於是撒旦使約伯染上可怕頑疾，肉體以蟲蟻和塵土為衣，身上發出惡臭。妻子和親友都厭惡他，妻子甚至對神口出怨言，質疑丈夫為何對神仍堅守忠誠，而朋友亦跟約伯就信仰展開了一場冗長辯論。

為何真誠信神的人會受苦？

為何努力想活出信仰的人會蒙冤受屈？

為何義人會多災多難？

為何不是善有善報，惡有惡報？神不是賞善罰惡的嗎？

用我們市井之輩的話來說：為何世間「咁冇天理」？

這也是我不少牆內朋友心裡最大困惑，以及他們苦讀《約伯記》原由。

約伯最後苦盡甘來，神加倍祝福他、賞賜他，縱然神最後都沒有解釋為何讓他受苦，也沒有為自己的公義辯護。

我不是教徒，讀經也十分有限，不敢在此對《約伯記》妄加詮釋和發表議論。我只能希望，縱然前景看來黯淡，但願我這些朋友，以及其他相關的人，結局都能同樣圓滿。

牆外今夕是何年

聖誕、新年，總教人想起久未見面的朋友，只可惜，今時不同往日，朋友或遠走它方，或身陷囹圄，再難想見就見。

每逢除夕，總有倒數可看，但牆內朋友，自難有這份奢侈。牆裡牆外，時間觀念迥異，朋友曾經滄海，說午夜夢迴，驟然驚醒，時有牆外今夕是何年之惑。

昨天又是大除夕，每逢過節倍思親，但願牆內朋友，縱然短時間內難望團圓，但昨晚仍能得一夜安眠。

幸德秋水，日本明治年代記者，亦是日文版《共產黨宣言》最初的翻譯者之一，也是因被誣告叛逆而陷冤獄，其前妻有情有義，常往獄中為他送來便當。幸德感傷，不知牆外今夕是何年，只有通過前妻送來的便當，細味內裡食物的變化，去感受四季更替，時光流轉。

健民曾說，初進牆內，其中一樣最難適應的，就是四處都難看到時鐘，失卻時間的觀念，於是餓了，不知還有多久才有得吃飯；累了，也不知幾時才能回倉休息；尤其午夜夢醒，漆黑一片，不知還有多久才到天明。

當我想到，平常乘巴士，也會用巴士 app 看準時間，好讓自己到最後一刻才抵站趕上車，分秒不想浪費，一旦迷失在時間汪洋時的那份焦慮，實在可以體會。

健民說後來才領略到，與其在時間汪洋中，拚命想抓住些甚麼，卻讓自己反遭吞噬，倒不如像不繫之舟般，順其自然，讓潮水把自己送往彼岸。

近日陸續有家屬轉達，牆內人向牆外朋友聖誕報平安。

有說自己每天寫信、看書、做運動，平靜、安然過日子，只是清減了，體脂少了，不知寒冬會否難過；

有感謝朋友像一盞盞路燈，一直伴著他夫婦在幽暗陰冷的路上前行；

有說北風凜冽，滿地寒霜，如今只望經此大劫後，以餘生報答那些曾經珍惜自己的人，並在可行範圍內，盡量積福行善……

看後不勝感慨。

新的一年，還望牆內朋友，雖然處境艱難，仍能身心平安。

胸中海岳夢中飛

近兩個禮拜天清氣爽，冬天陰霾一掃而空。元旦假期，去了赤柱探望朋友。途中，走上巴士上層，視野頓時開闊，藍天白雲，讓人鬱悶盡解；陽光和煦，讓人在凜冽北風下，重感暖意。

未幾抵達，走進牆內，旋即換成了一個灰白、冰冷、幽禁的世界。隔牆如隔世，剛才那片開闊藍天，也盡被隔在高牆之外。

說到幽禁歲月，相信世上沒有幾個人比已故南非總統曼德拉體會更深，他曾在獄中被關了二十七年，當中有十八年在羅本島（Robben Island）度過。在這漫長鐵窗生涯中，他並沒有懷憂喪志，反而用不同方法提振自己，如練拳、原地跑、種菜等，還有一樣，那就是繪畫。

曼德拉用木炭和蠟筆來繪畫，所作的畫，以獄中生活為素材，如島上教堂，雖然囚友都不能進內，但光是望到這間教堂，大家便有了信仰上的寄託；又例如碼頭，這是很多囚友被押往島上監獄的第一站，而它卻被畫成了淡藍色；此外，還有島上燈塔、監房牢門等。

這些畫雖然線條簡單，但卻色彩豐富。獄中生活艱苦，每多屈辱，但在其畫中卻始終看不到陰沉和灰暗，有的反而是明亮、繽紛，和詩意。這些畫不單反映了曼德拉在島上的生活，更反映了當時其精神面貌。

在這二十多幅彩繪中，讓我印象最深的，要算是題為「窗」的那一幅。這幅畫是從獄中鐵窗的視角望出去，不單看到綠油油的草地，也看到南非地標桌山。但實際上，牢房內根本不會看到如此美景，更遑論是遙遠的桌山。

其實，這是曼德拉在獄中仍不願放棄追求自由、幸福的一種精神投射，牢籠並不能夠囚禁得住其心靈，他的一顆心甚至可以飛到桌山去，反映出，哪怕在最灰暗的歲月裡，他仍沒有放棄過樂觀和希望。

「世事滄桑心事定，胸中海岳夢中飛。」

那天，雖然我並不能為牆內朋友帶來那片開闊藍天，但我相信，只要他們那扇心靈之窗願意打開，幽禁並不能困得住其心靈，他們的思想仍能在藍天翱翔。

從一杯茶中覓得自由

我們平素習以為常的小事，對於牆內朋友來說，可能已是巨大的幸福。今天要講的，是一杯茶的故事。

已故捷克總統哈維爾，年輕時是異見份子，曾遭專制政府拘捕和囚禁，多次入獄。但就如很多反對運動領袖一樣，牢獄最終反過來成了他們的學校和修煉場，他們不少會沉澱思想，審視信念、信仰，以至自己。亦因此，他們獄中經歷、筆記、書信，後來都成就了偉大作品，例如葛蘭西（Antonio Gramsci）的 *Prison Notebooks*、曼德拉的 *Long Walk to Freedom*，又或者哈維爾的 *Letters to Olga*。

哈維爾在獄中寫信給他太太奧爾嘉（Olga），後來這些家書輯錄成書，書名索性稱作 *Letters to Olga*（台灣翻譯成《獄中書》）。在這書中，除了有很多他就政治思想、信念、捷克時局、民主運動的反思之外，還有他獄中生活點滴，其中有幾篇都與喝茶有關。

囚犯每月可收一次家人寄來的包裹，他的就包括紙筆、香煙、維他命丸、肥皂、牙膏等，食物有乳酪、果醬、水果，還有茶葉。哈維爾原本不太喜歡喝茶，但在獄中喝不到咖啡和酒，只能將就一點喝茶，但慢慢，泡一杯熱茶，坐下來看書、思考、寫信，成了他獄中最快樂的時光。他慢慢更愛上伯爵茶（Earl Grey），他本以為那是英國老婦在下午茶聚才會喝，根本瞧不起它。但後來看法卻改變，茶可以當作藥用，也能暖身，更能提神，但最重要的是，茶竟成為其自由的一種實質體現。

喝茶，成了他每天能夠為自己自主安排的唯一飲食，甚麼時候、怎樣泡茶，還可由他自己決定。自由社會裡的休閒時光，如泡酒吧、餐廳、派對等社交生活，如今卻只能以喝杯熱茶的時光來代替。那仍是一件你自己選擇的事，在這之中，你領略到自由。

「也唯有當我在沖泡它時，才仍能感覺到自己是一個完整的人，如同過去一樣，有能力照顧自己。我每天都喝茶，而且把茶的沖泡調製，當成是每日一個小小的儀式，儘管是一個小小儀式，但它的功效卻很大，可支撐一個人免於崩潰。」

當大家端起杯熱茶時，不妨偶爾想想，世上各個角落仍被囚禁於黑獄裡的政治犯和良心犯。他們的所有罪名，只不過是對自由、民主、公義的渴望而已。

高牆內的月餅

中秋那天，去了探望牆內朋友，為的是不想在這個本來團圓的日子，讓其倍感孤單。說起來才知道，不經不覺間，原來這已經是她在牆內度過的第三個中秋，心裡不禁一陣黯然，為了不讓氣氛凝住，我問她是夜如何過節？她說，只希望能吃到一個「大」月餅。

原來，以往陳日君樞機會送來月餅，但後來樞機的月餅再也收不到，原因「你懂的」，改了由其它志願團體提供，結果送來的是棋子般小、如今時麾的那種月餅，且因為宗教原因，是素月餅，即是沒有鹹蛋黃那種。所以今年她希望能吃到有蛋黃的那種傳統「大」月餅。

世事就是如此諷刺，對於我們這些牆外養尊處優之輩，提到鹹蛋黃，又或蓮蓉，都會視之為洪水猛獸。但對於牆內朋友，那卻是一份 humble 的心願。

我們身在牆外，當然可以隨時隨地，舉頭望明月；但身在牆內，晚上囚於暗室，要看到月亮，卻是遙不可及的奢侈。究竟朋友有多久沒有看到明月呢？而月餅內的蛋黃，不正是一輪明月嗎？喜歡蛋黃蓮蓉月餅，或許事出有因。

她就是她，本只打算在節日跟她閒話家常，結果竟然用了大部份時間，回答她提出對民主的種種問題。看來，身陷囹圄的日子，絲毫沒有讓她懷憂喪志。

今次探訪，等候期間，亦碰到其他也是來探望的朋友。其中一位曾經滄海的，閒聊時告訴我，牆內一年有三次會吃到雞脾，分別是平安夜、大除夕和中秋前夕。而中秋正日中午會有梨，晚上有香腸和春卷，還有——月餅，因此中秋，對牆內朋友來說，是最豐富的。

對於我們習以為常的一些東西，於牆內朋友而言，原來已是極大的幸福。

順帶一提，近年遇上最多友人，竟是在這樣的場合，且因是不期而遇，也教人份外驚喜。香港的有心人，還是有很多的。

晚上，回到家裡，桌上擺放了親人和朋友送，不同款式的月餅，有冰皮、奶黃，甚至朱古力。想起朋友，於是，今年我還是挑了一個最傳統的蛋黃蓮蓉月餅來過節。

最難放下是家人

就如《笑傲江湖》裡的風清揚，無論你有幾鐵漢子，就算是「幾打得」都好，人的最大羈絆和軟肋，始終就是家人。

曾經滄海者曾說過，他在牆內遇上最難過的時刻，並不是炎夏、寒冬、孤寂、委屈，而是母親來訪。看到她流淚，令自己情緒幾乎失控。

近日又走了去探牆內朋友，他是一個人所共知的鐵漢子。起初，他一如以往般侃侃而談，談近況，談時局，言談間，卻輕描淡寫地提到，對案情並不樂觀。

到了最後，看到眼前倒數鐘顯示，只剩下一分多鐘，一時間自己的「老師毛病」又發作，嘗試作結：「我知道牆內日子很艱難，但看到你能 manage 自己的心境和情緒，讓我也放心了。」

他說：「經過兩年多，心境早已平復，但到了審訊時，心裡也難免有些起伏和反覆……」

不料，這時突然陷入了一陣 dead air，我看到他逐漸眼泛淚光，再緩緩地說：

「我一向有鑑古觀今，知道很多人的遭遇……」（dead air）

「我是知道自己的歷史位置的……」（再 dead air）

「放心，我會頂得住的……」（dead air 良久）

「只是，我覺得虧欠了太太……」

我不好意思也不忍再說些甚麼。這次探訪也就是如此，在 dead air 中結束。

他別過頭去，或許是不想我們看到他眼中的淚水。

我和朋友也只能帶著黯然離去，唏噓不已。

「Time is not on my side」

前些時候，探了一位牆內朋友，只見她日漸消瘦，讓人為她心痛。後來從其他朋友處得悉，醫生給她伙食加入雞蛋，希望能為她補充點營養。但大家當然都明白，那是心境和情緒問題，多於是伙食問題。

她問我有否留意案件的審訊，又怎樣看？我說，當然有，前些時候看到X在庭上隻字不讓、據理力爭，讓人印象深刻，但也不禁為其擔憂。

她說明白，亦有為X擔憂，而她自己卻選擇了認罪。她慨嘆：「Time is not on my side.」（時間不在我這一邊），說如今已屆暮年，只望能夠儘早可以返出去，跟家人團聚，好好跟家人共度餘生，善用剩下僅有的時光。

聽後，心裡不禁一陣黯然。

她又提到，近來讀報，得悉一個有趣科學資訊，原來當人感到十分痛苦時，體內會有一種分泌，可以提供點點愉悅，有助減輕痛苦，幫自己堅持下去。她說，這種分泌，年輕人又會較長者多些。於是，她以此安慰自己，為何自己的鬥志不及前述那位朋友般旺盛。

恕我不是生物學家，對以上說法無法印證，但我卻可以感受到，人屆暮年，那份「時不予我」的無奈。

也聽過另外一些朋友說，以往雄心壯志，但如今只求可以早點返出去見孫，已是最大奢望。

我們往往很易指責人，為何這樣？為何不那樣？為何選擇妥協？為何不堅持到底？但別人的難處和痛苦，卻往往缺乏體會。

我們覺得理所當然的生活日常，例如一家團聚、弄孫為樂、舉頭望月，以至吃個月餅，對於牆內朋友來說，其實已經是莫大奢侈，他們望穿秋水的期盼，說來，其實都十分卑微。

因此，有些人固然應敬重，但有些人也該體諒，畢竟，每個人背後都有些不足為外人道的艱難和傷痛。所以，無論他們最後如何抉擇，只要沒有摸橫折曲、生安白造，大家都宜換位思考去看待。

他仍是塊未枯竭的「海棉」

過去幾年，社會經歷重大創傷，不少朋友都出現了「迴避新聞」的症候，不想去看那些總是讓人憤怒、揪心，卻又無能為力的新聞，實行「冇眼睇」。但前些時候去了探望一位牆內的年輕朋友，卻遭他「每事問」，不斷問我這宗那宗新聞，知否內幕，有何看法，霎時讓我有點應接不暇。

一坐下來，我還未及打招呼，一向目光精靈的他，便搶先問我對某本近日政圈熱議的書之看法，問我信不信書中某些內容？之後，又轉去談台灣選舉的「藍白合」，之後，他又比較區選的冷清，以及年尾音樂頒獎禮 fans 對投票、拉票的熱情……總之是滔滔不絕，連珠炮發，節奏快得讓人喘不過氣。

他又跟我談 Viu 那套劇《那年盛夏我們綻放如花》，及箇中寓意。慚愧，我根本沒有看過，根本無從接話。

看來，他雖身處牆內，但卻比起我這牆外人，「in」得多，更接地氣。

我問他日常是否會看很多報紙？他說有看《金融時報》、《紐約時報》、《亞洲華爾街日報》。雖然牆內朋友，除了可以看公家報紙之外，每人每天只能訂閱一份報紙，但如果看到一些「great writings」，訂閱不同報紙的朋友，彼此間會「開心 share」。

至於本地的，除了《明報》以外，還會看《星島》，以了解建制派的動向，甚至連《東方》的娛樂版都不會放過。聽後，我實在自慚不如。

他像塊海棉。當然，海棉吸的是水；而他努力去吸的，則是各種資訊。

這是令人欣慰的，因為，這代表他仍然保持一種旺盛的生命意志，沒有被沉重的現實所壓垮。

他也有看我這專欄，也有讀過那篇〈Time is not on my side〉，他說明白有些朋友的心事，但他說自己年輕，「仍有些 quota」，說時，露出了一點笑意，就如重重烏雲下，綻放出一絲陽光。

梅花香自苦寒來

過去一週，氣溫驟降，有幾天朝早更只有六、七度，大家久已封存的禦寒衣物如毛衣、大褸、頸巾、毛帽，又紛紛出籠，家裡甚至開足暖氣。剛巧我又拿到檔期，去探望牆內朋友。在車上，穿足衣服的我也冷得瑟縮，不禁想到，他們在牆內豈不更惡劣，身無長物，又如何熬過這些苦寒的日子呢？

健民曾經跟我憶述過牆內苦熱和苦寒的日子。在那些苦熱日子，他靠的是打坐和禪修，以此平靜自己、洗滌心靈、去除悶熱和煩躁。所以，年幼時長輩說「心靜自然涼」，自有其道理。但同樣方法，卻未必可適用於應付苦寒上，因為你真的會被凍僵冷病，而長輩確又真的未曾說過「心靜自然暖」。

穿上所有能夠找到的衣服，這自然是最基本。健民最後靠的，竟還有報紙！那不是靠讀報分神，而是把報紙「攝」進衣服甚至褲管內，多一層物資來保暖。另外，最難受的，是夜晚睡在床上，那不像我們高床軟墊，而是床舖單薄，冷空氣會從床下鑽進被窩，讓你感到凜冽寒意。能夠獲派額外被子用來墊底自然好，否則又要靠報紙。

讓我最憂心的，是位日漸消瘦的牆內朋友，畢竟脂肪是抵禦嚴寒最有力依靠，幸好，見到她時，她說還可以，且很快興致勃勃跟我進入另一些話題。

我再探另一位，她說自己怕冷，沾水時只覺其寒刺骨。但過去三年，已在牆內度過了兩個冬天，所以讓她有較好心理準備。我跟她說十二月去了英國一趟，見到她很多手足，且受到熱情款待，他們都惦念著她，等待她返出來，再在異鄉團聚。她說自己眼淺，到時一定淚崩，又說關心自己的除了這些手足外，還有年輕工作時認識的一些「鬼仔」「鬼妹」，如今已成「鬼佬」「鬼婆」，但卻仍沒有忘記她，常給她來信，且叫她出來後一定要去他們家住，有家住蘇格蘭小村的，說整條村都有為她祈禱。

「梅花香自苦寒來」，希望牆內朋友熬過苦寒後，前面會有美好的日子。

一年將盡夜，牆內未歸人

過年，是中國人至為重要的節日，無論身處何方，遊子都會盡量趕返家鄉，跟家人團年、過年，於是才會有「春運」這讓人驚嘆的奇景。我在大學教書，農曆年只放一個禮拜假，話長唔長話短唔短（內地和台灣的學校假都要長得多），到了年三十前一兩天的課，內地學生已人去座空，早趕了回鄉過節，就算是假後起初幾天，也未必趕及回來，但畢竟中國人重視闔家團圓，我也會隻眼開隻眼閉。那麼，年三十，牆內又是如何過的呢？

團年飯，大家都會大魚大肉，甚至鮑參翅肚，那麼牆內呢？

牆內一年會有三趟吃得比較好，分別是年三十晚、平安夜，以及中秋前夕，都可吃上雞髀。對於我們來說，那只是區區一隻雞髀，無論是炸雞髀、燒雞髀、油雞髀、滷水雞髀，都尋常不過，讀書時放學 tea time，已經可以啖一隻。但對牆內朋友來說，已算是佳餚珍饈，甚至為此望穿秋水。

除了雞脾之外，年三十晚也會獲分派些糖果，算是讓你苦中嚐甜；早一晚，年廿九，則會獲分派一個柑，算是討個吉利意頭；到了大年初一，還會吃到齋和臘腸，算是一飽口福。

此外，電視也會整天長開，有錄影機的，還會播那幾部陳年賀歲舊片。

但當然，食物雖可聊作撫慰，但卻不能填補心靈裡的破洞。

健民曾回憶牆內那些日子，年三十晚本是跟家人吃團年飯的時候，那年卻要無奈缺席，只能獨自惦念家人，他們近況如何？生活過得好嗎？思前想後，他寫了信給女兒，叮囑她日後無論在哪裡工作，歲末都要返家一起吃團年飯。

忽然想起一首寫年三十晚的唐詩，改動幾隻字，或許也貼近牆內意境：

「獄中誰相問，寒燈獨可親。一年將盡夜，牆內未歸人。」

中國不少地方，年三十晚就算碰上遊子趕不及回家團年，家人也會在飯桌上為他擺上一副碗筷，以示家裡永遠有他一席。我相信，後晚，無論桌上有否多擺一副碗筷，牆內朋友家人對他們歸家之盼望，別無二致。

身處艱難氣若虹

中共創黨書記陳獨秀，晚年反對蘇共體制，反而轉為支持歐美民主。大家或會問，他是在何時何地產生這種思想轉變的？答案是他被專制政權所囚時。幾年鐵窗歲月，反而讓陳獨秀可專心讀書，思想更加成熟，且出現突破。雖然身陷囹圄，但絲毫未挫其銳，身處艱難，仍然其氣若虹。

陳獨秀一生不斷與強權抗爭，曾經五次被捕入獄（一九一三、一九一九、一九二一、一九二二、一九三二）。

最後一次，他被控以「叛國」和「危害民國」。在法庭上，他從法理和歷史層面，滔滔雄辯，說國家是土地、人民、主權的總和。賣國於外敵，毀壞民權之內政，這些才是叛國。

「若認為在野黨反抗不忠於國家或侵害民權的政府黨，而主張推翻其政權，即屬叛國。則古今中外的革命政黨，無不曾經叛國」；

「孫中山、黃興等，曾推翻清政府，打倒北洋政府，如謂打倒政府，就是危害國家，那麼國民黨豈非已兩次叛國？」

陳的辯護律師章士釗，曾經想以國共兩黨的歷史淵源來進行辯解，說陳所主張的共產主義與三民主義並不衝突，以此為陳開脫。不料，陳卻毫不領情，且拍案而起，說章的辯護屬個人意見，他自己的政治主張，應以他本人為根據。

從中可見，陳完全不會為謀求脫罪，而妥協自己的政治信仰。

但無奈，法庭依然判他有罪，陳獨秀站起來高聲抗議：「我是叛國民黨，不是叛國！」

獄中生涯，在他爭取下，其牢房裡放了兩個大書架，通過親朋好友，搞來大量書籍，他說要把「監獄當研究室」。事實上，他說自己思想上的改變，便是經過這五、六年沉思苦想的結果。

坐牢期間，多位好友都有來探望，包括時任北大校長蔣夢麟，對，是大學校長，沒有割席。

另一位是國畫大師劉海粟，劉帶了遊黃山時所作的〈孤松圖〉到獄中，陳看了畫後，有感而發，題了首打油詩在畫上：

「黃山孤山，不孤無孤，孤而不孤；

孤與不孤，各有其境，各有其圖。

此非調和折衷於孤與不孤之間也。」

劉原本擔心老友會一蹶不振，但卻見陳牢房裡書籍堆積如山。陳雖然身陷牢獄，卻沒有懷憂喪志，反而趁此機會暫且擺脫塵網，專心讀書追求學問，劉見狀不禁驚歎老友之堅毅。

劉離開時從皮包中拿出紙筆墨，請老友題字留念，陳不假思索，一揮而就，寫了兩句相贈：

「行無愧怍心常坦，

身處艱難氣若虹。」

這兩句可說擲地有聲，至今仍被廣為傳頌，它彰顯了一個光明磊落的人之氣節，以及完全不為逆境所消磨和蠶蝕的堅毅。

五、總為浮雲能蔽日

別矣，「事頭婆」！

同熊不同命，當小熊維尼在內地遭封殺時，英女王卻願意與柏靈頓熊在王宮內共進下午茶，胸襟氣度，差別顯而易見。這樣的一位女王，又怎不教人愛戴、懷念？

日前，寫英女王登基七十周年時，提到只差兩年，她就可超越「太陽王」路易十四，成為史上在位最長君主，還道，如今醫學昌明，且她看來精神不錯，這天指日可待。不料，一語成籤。三個月後，這位女王就在大家全無心理準備下，與世長辭。

殖民地年代，港人慣稱英女王為「事頭婆」，跟彭定康被稱為「肥彭」一樣，都是並無惡意的稱呼，反而代表親切可近。那時領導人是可以拿來改花名，用來開玩笑，甚至可以由羅蘭姐來扮演，而不是要開班學習的。

女王曾經兩度訪港，那時街坊可近距離接觸，場面可謂萬人空巷，人們有說有笑，甚至可評頭品足，不用弄到像全城戒嚴，人人神經繃緊。前幾個月，當某人大駕光臨時，那兩天我索性不出門口，免卻麻煩，以免碰到處處封路，尤其是，熟悉我的人都知道我喜歡穿黑衣黑褲，以免因此在街上遭盤問。

英女王在位長達七十年，期間首相換了十五個，物轉星移，滄海桑田，但她卻仿如定海神針，始終就在那裡，讓國民在無常中仍能抓住有常。

女王不單貴氣，且優雅，絕不會惡形惡相，疾言厲色，永遠滋油淡定，說話永遠適可而止，完全掌握 subtlety 這英國人說話的精髓，每次發表講話後，大家都討論如何可從中偷師學好英文；相比，今天香港的政治美學，卻已經淪落和惡俗到一個令人慘不忍睹的地步。

她像我們的家人，像我們的祖母。她的存在，凝聚了民眾，也化解了不少戾氣。她的 leadership，在於讓人愛，而非教人怕，這就是分野。近年這麼多港人選擇移民，事出有因。

今天，儘管政治不正確，不少香港人還是選擇跟英國人同哀同悲，在哀悼和緬懷時，話中有骨。

別矣，「事頭婆」，也徹底告別一個年代。

正義迴廊・Presumed Innocent

寧縱無枉，還是寧枉無縱？

這是長久以來辯論的問題，中國古代也有先賢提出所謂：「與其殺不辜，寧失不經。」那麼，今天我們又如何呢？

近日去了看電影《正義迴廊》，步出戲院時思潮起伏。過去幾年，香港風風火火，看到片中的法庭戲，以及最後判決，對照現實中的法庭，實在教人難不感慨萬千。

《正義迴廊》改編自二O一三年轟動一時的大角咀兒子和朋友肢解父母慘案，我們躁動的社會很易為黑白對錯下一個簡單結論，但本片則嘗試為這宗奇案帶出很多問題，透過犯人的證供、律師的辯護、陪審團的爭論，帶出多個角度和重重疑問，讓觀眾思考時，彷如在迴廊中兜兜轉轉，身為兒子的第一被告為何如此「喪心病狂」？身為第二被告的朋友究竟又有否參與謀殺？

片中發人深省一幕，是片尾陪審團討論應否判第二被告有份參與殺人時，後者因其智商，以及姊姊在庭內作供時道出把他湊大是何等含辛茹苦，而獲眾人同情，但陪審團裡一位自稱「師奶仔」的退休教師，卻語重心長道出眾人對疑犯的盲點，其他人也被她一言驚醒。正當觀眾期待一個罪有應得的結局時，但結果卻又峰迴路轉，第二被告最後還是被判無罪，成了全片神來之筆。

跟朋友聊起，都覺得從片中的電影語言來看，導演似乎傾向相信他是有罪的，但這樣一個結局，不正展現了無罪推定、寧縱無枉、陪審團該如何達致裁決，以及對於嚴重罪行如殺人時定罪要有 beyond reasonable doubt（毫無合理疑點）的高門檻等，西方的法治精神嗎？

Presumption of innocence（無罪推定），就是指一個人若未被證實及判決有罪，在庭上該先被假定為無罪，舉證責任在控方而非辯方，是控方要證明辯方有罪，而非辯方要證明自己無罪，且不能存在合理疑點。

曾幾何時，這是香港長久以來的核心價值，人們普遍認同，但幾經風雨之後，今天香港、政府、法院，還是如此看的嗎？

為了好好活下去而努力的朋友

「我們都細如微塵，上帝或許完全察覺不到，但若然我們仍能彼此看到對方，那就已經足夠。」

近日去了看《窄路微塵》，那是講兩個疫下小人物（清潔工），為生活而艱苦掙扎的故事，片中看到兩人相交相識，互慰互勉，並說出以上這句對白時，剎那間竟有少少眼濕濕，比起很多所謂「子華神的金句」，更讓我觸動。

一年將盡，新的一年又告開始，僅向那些日子縱然過得很苦，但仍十分努力，誓要好好活下去，且沒有喪失善良的朋友，送上祝福。

週二晚收到電郵，那是電影公司對《1人婚禮》的推介，望到是青春笑片，瞄了一瞄便略過，坦白講，這並非「我杯茶」。但昨日翻看《明報》，才察覺到這原來是導演周冠威的最新作品，便改變主意，一定會去看。

年前因為在中大舉辦《幻愛》的放影和對談會，認識了導演周冠威，發現他是個謙卑但擇善而固執的電影人，但可惜，日子卻大起大落。

最先他有份執導的《十年》拿到香港電影金像獎最佳電影，但他卻沒有從此平步青雲，反而因此交上惡運；後來《幻愛》爆冷跑出，票房超過一千五百萬，甚至擠身二〇二〇年香港票房十大，更是該年港產片第二高票房，以為他從此翻身，但他卻毅然選擇了去拍紀錄片《時代革命》；然後，大家以為就沒有然後了……

事實上，他在《明報》的訪問中提到，拍了《時代革命》後，令到一些本來想支持他的投資者，因有點芥蒂（顧忌？）而撤資。

還幸，天無絕人之路，他還是把《1人婚禮》拍了出來，且還在今個賀歲檔上映。這部片能夠拍成和上映，其意義，大於片的內容本身。

周導，我知道日子很艱難，但看到你仍能努力繼續拍片，感到很欣慰。雖然在大時代裡，我們都微不足道，但我相信，很多人眼中還是看到你的。

已故美國國務卿鮑威爾（Colin Powell）將軍在其自傳中提到，他的人生格言之一，就是在別人跌倒時：picked him up, dusted him off, patted him on his back and moved him forward（把他扶起來，幫他掃掃塵，拍拍他的背，然後幫他繼續上路）。

但願，我們每個人都能如此。

「含X」又眞的止於窮人嗎？

近日《毒舌大狀》一片叫好叫座，片中「子華神」式的金句，例如「以前大家相信『法律面前，人人平等』，而家大家只信『法律面前，窮人含X』」；又或者，在法庭上痛斥「這裡 everything is wrong！」，都說，讓人聽得痛快淋漓、熱血沸騰，彌補了大家現實上的失落，結局委實「大快人心」（事實上，多篇影評都以這四字作結）。

但對不起，我看時卻心情複雜，總覺難以投入，尤其是想到，散場時或許大快人心，但返回現實後，又如何呢？

我年輕時讀了很多馬克思主義，由「古典馬克思主義」，到「新馬克思主義」，再到「分析性馬克思主義」等，都有涉獵。還記得，新馬克思主義中的「法蘭克福學派」提出，資本主義通過文化工業如電影、電視，鼓吹消費主義，以及製造「打工仔」「總有出頭天」的幻象，來麻醉無產階級，讓他們對現實抱有假希望，因而喪失了革命和抗爭的意志。

為無辜者討回公道，讓公義得以伸張，都是大家很想看到的結局，但弔詭的是，當電影補償了大家現實上的遺憾後，又會否讓大家「齊歡唱，同慶賀」，從此心安理得呢？

現實上不會有個傲慢和跋扈到「焫㷫」（惹火）陪審團，蠢到為無辜被告提供「神助攻」的控方證人；

現實上也不會有法官讓你慷慨陳詞，痛斥「everything is wrong!」、「窮人含X」，現實上的法官，大家都有眼看；

現實上更不會有個不想「畀天收」而玩消極杯葛的主控官，現實上的主控官，大家都有耳聽；

現實上也不易有個明鏡高懸的陪審團，且有些案根本不會用陪審團；

現實上的辯方律師，要阻止他出庭，又豈需要用到拖延保釋……

現實，幾許有大快人心；還是，總教人悲痛莫名？

過去幾年，大家耳聞目睹，「含X」又真的止於窮人嗎？

〈滿江紅〉真的是出自岳飛手筆嗎？

近日讀到一宗滑稽新聞，話說張藝謀導演的《滿江紅》一片在內地票房火紅，高踞賀歲片榜首，市面出現翻版 DVD，有貪小便宜者買回家看，不料播放時，卻真的是朗誦〈滿江紅〉！

說開又說，〈滿江紅〉讀書時大家大都讀過，一直的認知，都是說出自名將岳飛。但其實史學界卻有爭議，有說原作者或另有其人。

岳飛乃南宋抗金名將，但〈滿江紅〉卻在明代才開始流行，這是因明人徐階，把之收入所編的《岳武穆遺文》。一九三二年，余嘉錫在《四庫提要辨證》一書內首次提出箇中真偽問題，質疑收編有誤。後來詞學家夏承燾，亦在一九六二年撰文〈岳飛《滿江紅》詞考辨〉，同樣提出類似觀點，認為並非出自岳飛。論者理據包括：

岳飛兒（岳霖）孫（岳珂）一生搜集其遺文不遺餘力，但所編的《岳王家集》，並不見這詞；

更甚的是，〈滿江紅〉在宋、元兩代均不見任何記載；詞中有「踏破賀蘭山缺」一句，認識地理者不難知道，賀蘭山位於中國西北，在今寧夏和內蒙古交界，南宋時屬西夏，這與南宋抗金地理位置不合，金人盤踞在中國東北，兩者相隔豈止千里。岳飛站在抗金最前線，沒有理由搞錯，反而賀蘭山是明代抗韃靼的前線。

但也有人一一提出反駁：

《岳王家集》也有其它遺漏例子；

岳飛當年蒙冤，牽連者有殺有貶，故有忌諱，之後元代又是異族高壓統治，豈能容下〈滿江紅〉這歌頌漢族主義、抵抗外族的詞，因此到明代才見天日，並不出奇；

「賀蘭山」，指的是河北省內不太出名那賀蘭山，而非今天意義下的賀蘭山；又或者，只是個比喻，泛指北方邊防前哨，跟用「匈奴」來泛指北方遊牧民族一樣；

因此，不能輕率以前述理由，斷言〈滿江紅〉並非出自岳飛。但最重要還是能否在明代以前找到〈滿江紅〉的記載，否則，也只能視為歷史懸案。

天日昭昭，天日昭昭

看了電影《滿江紅》，岳飛與秦檜血海深仇，再次走上螢幕。

岳飛冤死，秦檜往往被視為罪魁禍首。秦曾在「靖康之難」被金兵俘虜，後逃回南宋，但無論當時或後世，他都被懷疑已經暗地裡變節，成了金國內應後，才遭放行。因此後來陷害岳飛，普遍視為乃其奸細本色使然。

但這是因為秦檜摂横折曲，讓宋高宗受唆擺而同意議和，並賜死岳飛，還是皇帝原本心意已經如此，秦只是順水推舟，說出主子心裡意思？

罪魁禍首究竟是秦檜還是宋高宗？我們且從三百年後發生的「奪門之變」說起。

明代也曾發生皇帝被外族所俘，那就是「土木堡之變」，主角換了成明英宗和瓦剌。于謙等群臣，為免大明遭瓦剌要脅，遂擁立代宗，取而代之。但英宗比徽欽二帝幸運，後獲釋放回大明，卻被代宗視為心腹大患，而遭軟禁，但英宗最後還是成功復闢，史稱奪門之變，可憐一代忠臣于謙，卻因此冤死。

據《宋史．宋高宗本紀》記載，與金國議和時，高宗開出條件，說身為人子理應侍奉父母，但其父親（徽宗）已死，所以議和前提是歸還其母親韋太后，但值得留意，他卻沒有同樣把歸還其哥哥（欽宗）作為前提。後來太后歸國，欽宗曾經攔住車轎，央求她回去後懇求這位弟弟把自己也迎回去。但結果大家都知道，央求無果，欽宗最後客死異鄉。高宗心意，不言而喻。三百年後的奪門之變，或證他並非杞人憂天。

岳飛主戰，提出要「直搗黃龍，迎回二聖」，這無疑正中高宗心中大忌。再加上，宋代皇帝尤有猜疑大將傳統，宋太祖「杯酒釋兵權」便是源頭。岳飛功高震主，但偏偏又不貪財、不好色，高宗難把他收服並消磨其志。更何況，岳飛曾經建議高宗立儲，又要以十二道金牌才能召他回京，這些事情同會惹高宗猜忌，動了殺機，毫不出奇。

冤獄以往有，今天也有，公堂也難還公道。岳飛被「莫須有」罪名誣陷，遇害前在供狀上寫下八個大字：「天日昭昭，天日昭昭」。

對，天日昭昭，天日昭昭。

紂王眞的那麼壞？

近日內地又有以《封神演義》為題材的電影上映，且名為《封神三部曲》，即一拍就是三集。其實這是個歷久不衰的題材，無論電影、電視都不斷有人翻拍，箇中人物形象鮮明，例如妲己的妖媚，以及紂王的暴虐，紂王甚至被視為中國史上第一暴君，但問題是，紂王真的是那麼壞，還是遭後人黑化？

早於春秋時期的《論語》，孔子學生子貢，便已為紂王翻案：「紂之不善，不如是之甚也。是以君子惡居下流，天下之惡皆歸焉。」用今天話說，紂王其實不如傳說那麼壞，但人一旦被負面標籤了，一沉百踩，天下間壞事都會歸到他頭上。

大史學家顧頡剛也曾發表文章〈紂惡七十事的發生次第〉，當中作過統計，紂被控訴的罪狀共有七十條，但大多是各朝代陸續添加的，例如，戰國時添二十項，西漢時添二十一項，東晉時添十三項等。

以忠臣比干之死這故事為例，《論語》裡提到：「比干諫而死」，這該是有關最早記載；另外，《墨子》也提到：「是故比干之殪，其抗也」，意思是比干被殺是因為其抗直。兩者都說得平淡，沒有後世說得那麼情節戲劇化。

但到了後來，卻開始陸續加油添醬，出現了「剖心說」。

紂王後八百年，戰國時期的《呂氏春秋》首次提到：「紂殺比干而視其心」。到了漢代《史記》再進一步提到：「比干曰：『為人臣者，不得不以死爭。』乃強諫紂。紂怒曰：『吾聞聖人心有七竅。』剖比干，觀其心。」

那就是，比干由簡單的因進諫被殺；變成了紂王為了要觀其心而殺之；再變成了紂王為了要看他是否聖人，心有七竅，而殺而觀之。

至於我們熟悉且情節更刺激的「妲己版」，則來自漢代劉向的《列女傳》：「比干諫曰：『不修先王之典法，而用婦言，禍至無日。』紂怒，以為妖言。妲己曰：『吾聞聖人之心有七竅。』於是剖心而觀之。」

這個版本變成紂王因受妲己唆擺而作出剖心之惡行。其出現，更是在紂王的千年之後。

其實，我們熟悉的「酒池肉林」、「炮烙」故事，周朝文獻並無記載，春秋時也沒有，直到戰國末期韓非子才有描述：「紂為肉圃，設炮烙，登糟邱，臨酒池，紂遂以亡」。這同樣出現在紂王的八百年之後，且韓非子以擅長「講故事」見稱。

最初的史料《尚書．牧誓》裡，武王（姬發）伐紂，誓師時指控其四大罪狀，包括：「惟婦言是用」；「昏棄厥肆祀弗答」；「昏棄厥遺王父母弟不迪」；「乃惟四方之多罪逋逃，是崇是長，是信是使，是以為大夫卿士」。

簡單來說，就是聽女人話；祭祀時不夠誠心；不起用貴族舊臣；以及反起用罪人。這就是對紂王最早指控，其實皆非滔天大罪。

後世文人按這四大罪狀，加油添醬：

「聽女人話」，變成遭妲己迷惑；

「祭祀時不夠誠心」，變成對女媧不敬；

「不用貴族舊臣」和「反用罪人」，變成殘害忠良等故事。

且惡行愈傳愈誇張，終於把紂王說成荒淫無道、窮奢極侈、築鹿台、酒池肉林、炮烙、剖忠臣心、破孕婦肚等的暴君。必須一提，這些傳聞很多甚至是在紂王千年之後才出現。

近日看了趙運濤所著《正史的誤導》一書，當中有為紂王翻案。作者把這些罪狀解釋為，其實是不同氏族文化風俗上差異：

說紂王聽女人話，其實是商人女性地位高（甚至是歷代最高），可主持祭祀、參與政事，以至軍事；相反，周人女性地位卻低。

說紂王祭祀時不夠誠心，其實是商人乃多元崇拜，包括拜祖先；相反，周人敬天，卻是一元崇拜。

最後，說紂王不起用貴族舊臣，其實是商末走向中央集權，不再與貴族「共政」，這實際是一場走在秦朝之先的王權運動。

所以，諷刺地，商人部份價值觀，其實與現代人更接近。

有人便曾提出疑問，如果紂王真的那麼壞，為何賢人如伯夷和叔齊會阻姬發伐紂，且在商滅後恥食周粟？另外，商亡國後，為何遺民仍願意追隨紂王兒子武庚起兵復國？

近日讀書，有論者反提出，武王伐紂，或許是因氣候變遷和部族遷徙的原因所致。

公元前一千年多，地球出現小冰河時期，北方氣候變得更嚴寒，食物難覓，導致北方部族得南遷，讓無論歐亞大陸，不少原住民皆面對北人入侵。

就商朝而言，北方部族進入了今新疆、甘肅、河套地區，驅逐了這一帶原居部落，令後者再向東、南遷移，造成了一種部落遷徙的骨牌效應。因此，商末，北方戰爭不斷，較著名的，有武丁（商朝明君）和鬼方之戰。

周祖先乃居於陝北黃土高原部落，因地緣關係，常遭「東夷、南蠻、西戎、北狄」中，西戎和北狄侵擾。周先祖亶父，更因戎狄威脅，而率族人向東南遷徙，到岐山下原野，另覓家園，再行開墾，這就是所謂的「亶父遷岐」。

因此，周人為了躲避驍勇善戰的西北方蠻族（如戎和狄），有向東南遷移的傾向，所以一直覬覦中原並不出奇，直到商朝因征討東夷而大大消耗，後方空虛，周人趁機一舉突襲，一戰功成，立國六百年的中原王朝就此轟然而倒。

紂王之被黑化，當中有政治需要，畢竟周朝要鞏固政權，政治上也需要一個更堂而皇之的說法，於是便醜化前朝，其實「紂王」本稱「帝辛」，「紂」之為名，實是周朝給他所起，那是駕車時馬後部的革帶，乃屬貶意，之後又添加罪名。

歷史就是成王敗寇。

但這也不能解釋全部，尤其是很多加油添醬都在千年之後，寫歷史的人其實也有責任。近年多讀歷史，發現古代不少史家愛把自己的政治和道德觀，加諸歷史書寫上，作為一種抒發。於是也出現上篇提及，愈往後世，愈在故事上加插情節的現象。

所以，哪怕是所謂「正史」，以及教科書，皆不能盡信，今天亦然，官方論述尤甚。

風流總被雨打風吹去

木秀於林，風必摧之。

尊子在香港政治漫畫界獨領風騷，是最具代表性的人物（沒有之一），但在如今的政治氣候之下，結果也難逃「風流總被雨打風吹去」的命運。

尊子已經在明報畫了四十年，本以為日月常在，奈何，只能慨嘆：「若教眼底無離恨，不信人間有白頭」……

政治漫畫，難免戲謔，舉世皆然。既自命國際大都會，就該有可匹配的胸襟。已故「卓越領導人」鄧小平曾經說過：「一九九七以後……我們不怕他們罵，因為共產黨是罵不倒的。」當年就是有這份胸襟和氣魄，但現在卻連區區幾句挖苦也容不下。

「如果尖銳的批評完全消失，溫和的批評將會變得刺耳。

如果溫和的批評也不被允許，沉默將會被認為是居心叵測。

如果沉默也不再允許，讚揚不夠賣力將是一種罪行。如果只允許一種聲音存在，唯一存在的那個聲音就是謊言。」

週四，尊子回覆媒體時說：「縱是崎嶇，總有前路。」他沒有自憐自傷，仍是一貫的正向、樂天、豁達。

年初，在見山書店的分享會，完結前，尊子被問到對從事新聞和創作者，尤其是年輕人，有甚麼忠告？有甚麼心聲？對此他有更詳細的解說：

「無論做新聞、創作等，都是見步行步，這是其中一種習慣和訓練，且由始至終都是。你永遠不會知道明天會發生甚麼事，甚麼人上場，甚麼人下台。我們做得耐了，都發現曾經有很多希望，也曾經有很多失望，做到今時今日還未停，是因為今日的失望不等於明日的沒希望，所以一路繼續下去。」

那天，書店外的公共空間縱然狹小，但仍容得下尊子和他的聽眾；明天，離開了合作四十年的《明報》，希望尊子能找到新的平台，繼續我有我天地。

香港奉命要發展成「中外文化藝術交流中心」，但文化創作最需要的卻是自由。

韓國成為整個亞洲創意文化工業的領頭羊，是發生在威權政體結束之後，而非之前，其來有自。

沙皇垮台啟示錄

俄烏戰況逆轉，烏軍大舉收復失地，相反，俄國卻左支右絀，狼狽到甚至要反口，發出徵兵令，拉夫上陣。不料，卻觸發全國逃避兵役潮，雞飛狗走，國民爭相逃亡到鄰近國家，離境車龍甚至去到蒙古邊境。

這樣的民心士氣，就算給你把這些民夫全都抓回來，硬是塞入軍中「填氹」，但也禍福難料，隨時在軍中反成消極因素，加深厭戰情緒，催化譁變，讓政權危機加劇。

我不禁想起，一次大戰時俄國沙皇的下場，究竟普京大帝有否以該國先輩為鑑呢？

一戰後期的俄國，戰爭導至民窮財盡，造成貧困和飢餓，戰敗更帶來屈辱和厭戰，民怨沸騰，罷工和抗議瞬間星火燎原。

但更要命的是，當沙皇命令軍隊協助警方，進入首都平亂時，豈料士兵原來士氣已經極為低落，且忍無可忍，最後發生譁變，掉轉槍頭，加入抗議行列，甚至讓群眾得到槍枝等武器，首都防線遂告土崩瓦解，沙皇被迫下野，史稱之為「二月革命」。

我不是事後孔明，早在今年二月尾，戰爭剛爆發時，我便在別的報章寫了篇〈俄軍「蛇吞象」〉，回顧當年納粹入侵烏克蘭，以及第一和第二次海灣戰爭，把幾場仗的兵力來作對比和參考，指出今次普京揮兵入侵，妄圖以十多二十萬大軍打敗烏克蘭，以如此少軍隊佔領如此遼闊的土地，實在與「蛇吞象」無異，隨時自食惡果。如今不幸言中，俄軍陷入血腥的泥沼之中，進退為谷。

現代很多專制國家，平時都兵多槍足，不是你高喊兩句革命口號便會垮台，要靠人民「揭竿起義」推翻，亦談何容易。

反而戰爭卻會帶來契機，獨裁者貿然開戰，一旦戰況不利，「鎮壓性國家機器」遭戰敗而大幅削弱，軍心渙散，政權就岌岌可危。要不戰敗遭對方進行政體改造，如二戰後的德國和日本；要不士兵厭戰而發生譁變，像沙皇下的俄國，那便教日月換新天了。

戰爭中最先陣亡的就是眞相

古代希臘悲劇三大家之一埃斯庫羅斯（Aeschylus），曾有句名言：「戰爭中最先陣亡的就是真相。」(In war, truth is the first casualty.)。

烏克蘭赫爾松州俄軍佔領區內一主要水壩被炸，造成決堤和洪水泛濫，民居被淹。俄烏互相指責為對方所為，烏方稱俄軍炸水壩是為了以洪水阻礙烏軍反攻，而俄方則稱水壩是遭烏軍炮擊而損毀。這件事令人不禁想起，抗戰時期三大慘案之一的「花園口決堤」。

所謂「抗戰時期三大慘案」，就是國民政府因為抗戰策略，以及部署不善，而造成己方大量百姓遭殃。

第一宗是「長沙大火」。抗戰時國軍採用「焦土政策」，不讓日軍攻城後取得打仗所需物資。一九三八年十一月初，隨著長沙戰況失利而決定焚城，但因部署不善，火勢失控，燒了五日五夜，又沒有及早通知居民，最終導致三萬多人葬身火海，全城九成以上房屋被燒毀。

第二宗則是「重慶防空洞慘案」。一九四一年六月五日，日空軍轟炸重慶，國民政府因管理不善，防空洞內擠著大量民眾，在高溫和空氣不足下，因窒息、互相踩踏而造成數以千計人死亡。

第三宗就是「花園口決堤」。抗戰首年，日軍鐵蹄踏遍華北、華東，正準備進一步向西南方轉進，攻佔中原和華中一帶。但一九三八年六月，黃河在花園口決堤，洪水氾濫，日軍先鋒部隊被淹，其餘也只能停止進軍。從此，「黃泛區」沿岸中日雙方軍隊對峙了整整六年。但決堤卻讓百姓損失慘重，一九四九年後政權易手，中國官方宣稱共造成八十九萬平民死亡（如河南政府為事件立碑，碑上的記載），上千萬人流離失所，但學者洪小夏卻認為屬誇大，真實數字該在三萬左右，但也屬慘重。起初，國民政府一直堅稱決堤乃日軍轟炸造成，但多年後才被揭發其實是國軍自己炸堤，當年屬嫁禍日軍。

花園口決堤，中央社發出第一條電訊是：「……因我軍左翼依據黃河堅強抵抗，敵遂不斷以飛機大炮猛烈轟擊，將該處黃河堤壩炸毀，致成決口，水勢氾濫，甚形嚴重。」國民政府一直堅稱決堤乃日軍造成，直到多年後才被揭發其實是蔣介石下令，且嫁禍日軍。

二〇一四年，抗戰時參軍，後來官拜台灣參謀總長、國防部長、行政院長的郝柏村，重訪抗日戰場，並接受《鳳凰衛視》訪問，如此解釋當年的嫁禍：

「這個公開的我們當時的宣傳說是日本人炸的，我們栽贓到他們，這個為了鼓舞，不要影響我們的士氣，這是不得已的，當時我們是其實日本人是不會炸的，我們稍微懂得一點戰術的人知道，日本人怎麼會把自己前面的路擋掉呢，但是我們當時要激發全民的痛恨日本人的痛恨日本侵略的，所以我們當時新聞上面說，就是日本人炸的，當然這個不是事實。」

說謊都大條道理，因為抗日大過天。

所以今次決堤，不要因為同情烏克蘭，就輕信那定是俄軍所為。

那麼百姓不是很無辜嗎？郝解釋：

「當然是心裡要掙扎了，我們這個民眾戶要受苦，但是這個利害衡權，這個我們如果是為了這一百萬人，可能我們其它有八千萬人要受害，我們整個的黃納的區域，我們要被日本人占了，我們沒有時間來準備武漢會戰，沒有時間，我們很多的學校、工廠，還要向西邊遷，都要爭取時間，所以我們拿空間換取時間。」

這故事教訓我們，未來若有戰爭爆發，無論官方如何信誓旦旦的說，大家都要知道，這未必是事實，可能只是為了激發民眾支持戰爭熱情的大話，古有明訓。

俠之終結

金庸百歲冥壽，大家都寫金庸，我也不妨添上一筆。

陳近南，是金庸小說裡最後一個傳統意義上的大俠，他武功高強，義薄雲天，畢生致力光復大業，「反清復明」。但這樣一位大俠，也有「意興蕭索」的時候，這類詞彙，是過去金庸寫其他大俠時所沒有用過的，郭靖戰死襄陽，楊過曾經情傷，令狐沖看破江湖，就算喬峰命途多舛，金庸都沒有說過他們「意興蕭索」。

那一幕十分具意象。韋小寶跟天地會群豪泛舟江上，頃刻天邊盡是黑雲，江上風浪大作，小船隨著浪頭，大起大落，韋被拋得東歪西倒，嚇得魂飛魄散。狂風暴雨一陣陣打進艙來，眾人濕透，艙內燈火也幾乎熄滅。從艙中望出去，只見江面白浪洶湧，風大雨大。

但豪傑終究是豪傑，香主吳六奇這時引吭高歌，唱了《桃花扇》中〈沉江〉那齣戲：「走江邊，滿腔憤恨向誰言？老淚風吹，孤城一片……寒濤東捲，萬事付空煙……」雖然豪邁，卻也蒼涼，尤其一句「萬事付空煙」。

就在此時，韋小寶和陳近南竟在江上相遇，大喜過望。待風雨稍歇，返回岸上，韋才看得分明，師父兩鬢斑白，神色甚是憔悴，想是這些年來奔走江湖，大受風霜之苦，不由得心下難過。

兩師徒談起光復大業，陳最後慨嘆：「唉！大業艱難，也不過做到如何便如何罷。」說到此時，「意興蕭索」。明顯，陳對反清復明，也就是自己畢生奮鬥的志業，開始失去信心。

這是《鹿鼎記》第三十四回，也是全書三分之二，故事開始步入尾聲，也是金庸二十年來筆下俠義世界的結尾。

中國古代，韓非及其代表的法家，一直對「俠」予以否定，法家從維護王權、法制及國家出發，自然著眼於「俠」之「犯禁」，而多於理解「俠」的道德意涵。這要到司馬遷筆下，才有所扭轉，而大家都知道，司馬遷曾身陷冤獄，對「依法而治」的禍害有深刻體會。

回看當今這個世道，俠義又是否同樣不容於世，步入尾聲呢？

廢相

秦朝建立大一統，實行相制。宰相是古時輔助皇帝的最高行政官員，打理國家日常事務，具體名稱歷朝不同，如相國、丞相、大司徒、尚書令、中書令等。直到明初，太祖朱元璋以「擅權植黨」罪名，殺丞相胡惟庸，後索性把該職也廢掉，厲行集權。其實問題源於，朱是個出名多疑皇帝，不喜見開國功臣功高震主，又擔心子孫無力駕馭群臣，威脅皇權，於是藉故把大量功臣，殺的殺，貶的貶。

性格和善的太子朱標，曾勸父親，誅殺過多，會傷和氣。但朱元璋卻指著地上一根長滿刺的荊棘，叫他撿起來，太子怕扎手，猶豫著不知如何下手，朱元璋說，那正是為他著想，就是怕不好拿，於是替他剝光了刺，這不好嗎？除掉那些人，其實對他有好處。

後來，胡惟庸案甚至牽連到「風馬牛不相及」的宋濂，讓這位太子的老師命懸一線，雖然皇后和太子都苦苦勸諫，朱元璋起初仍無動於中，直到使出「一哭二餓三上吊」，皇后吃飯時不沾酒肉，太子以投河自盡要脅，朱才收回成命，但遭流放的宋最後還是病死途中。

說回廢相，雖然朱元璋是個勤政皇帝，但要將原本宰相管的事通通攬上身，難免吃力，除了任命四輔官，選拔數名大學士入值文淵閣參與獻策等之外，為了有效駕馭群臣，強化君主集權，他用上錦衣衛，賦予他們監視、偵察、逮捕逆臣的權力，弄至朝廷腥風血雨。

更糟糕的是，靖難之變後，明成祖朱棣篡位，他寵信宦官，另設「東廠」擔任特務機關，宦官干政從此開始，甚至獨攬朝綱，明朝先後出了王振、汪直、劉瑾、魏忠賢等大宦官，為害極大。

從中可見，太祖廢相，引發不少問題，集權之後，不保證皇帝能力高，通通攬上身，遇上昏庸之輩，沒有宰相輔助，不信文官，反而只會讓小人更加有機可乘。

龍有逆鱗

韓非子說過，「龍有逆鱗」，但只要不去觸碰，就不會有事。

《韓非子·說難篇》有如此一段：「夫龍之為蟲也，柔可狎而騎也；然其喉下有逆鱗徑尺，若人有嬰之者，則必殺人。人主亦有逆鱗，說者能無嬰人主之逆鱗，則幾矣。」

意思大致就是：龍是一種溫柔婉順的動物，你甚至可以騎著它跟它玩。但龍的咽喉下有逾尺長的逆鱗，如果有人不慎碰到，便會觸怒它，那麼本來和藹可親的龍，便會反過來翻臉殺人。其實，君王亦有逆鱗，說客若撫其逆鱗而不招禍，機會甚微。

韓非子的潛台詞，其實是，君主都有其禁忌，「正常人」不去招惹它，就可以安居樂業，「少數人」以身犯禁，才會自招其禍，但這也是他們咎由自取了。

因此他無疑是叫大家，乖乖做個順民，莫去說些逆耳之言，那就不會惹上麻煩，否則的話，那就是自食其果了。

其實，這只不過是為君主，提供似是而非的作惡藉口，臣民若然得咎，也只能怪自己，而不是反過來質疑，君主為何可以操生殺大權。

韓非子並沒有告訴大家，逆鱗為何是前設？為何君主可以不容相反意見？為何言論要有禁區？是否只要有言在先，就可理直氣壯，劃下一道又一道的紅線？

可笑的是，就算是「逆鱗」之為物，甚至可能都只是由韓非子自己所杜撰，古時之有所謂「龍有九似」：「頭似駝，角似鹿，眼似兔，耳似牛，項似蛇，腹似蜃，鱗似鯉，爪似鷹，掌似虎」，當中並沒有提到逆鱗。傳統上，龍的形象，也不見咽喉下有異物。不錯，龍頭上是有兩條長長的鬚，有人懷疑這是否就是所謂的逆鱗，但那是長在龍鼻兩旁，而非在韓所說的咽喉之下。因此，「逆鱗說」中的逆鱗，可能也只不過是韓非子為了政治目的而天馬行空之創作而已。

其實，為了奉承權力而塗脂抹粉，韓非子或許是最突出的一個，但卻不會是最後一個，鑑古觀今，大家還見得少嗎？

六、明朝散髮弄扁舟

Starry Starry Night

小時候，住在港島東區西灣河的海邊，家裡有一個小小的「騎樓」（露台），每逢夏夜，總愛在此拉開一張帆布床睡覺，貪圖那如水的夜涼。那時沒有光害和污染，夜空份外明淨。望著點點繁星，開著一部小小的收音機，耳邊傳來Don McLean的*Vincent*：

「Starry, starry night.
Paint your palette blue and grey,
Look out on a summer's day,
With eyes that know the darkness in my soul ……」

慢慢悄然入夢。

後來，旁邊豎起了太古城那一棟又一棟的高樓大廈，海邊也遭填平，築起了今天的鯉景灣，原本那一片廣闊的星空，也如此被繁華所吞噬掉。

從此之後，我只記得自己曾再看過三片星空。

第一次，是中七考完大學入學試後的那一個暑假，那時苦悶無聊，常常和同學、朋友，走到赤柱、石澳、和淺水灣的沙灘，仰望星空，徹夜長談，當時雖然一無所有，但卻對未來充滿著憧憬。

第二次，是入了大學，雖然學運已經不再轟轟烈烈，但卻仍然細水長流，每當工作到通宵達旦，拖著疲乏的身軀回宿舍時，途經峰火台，總愛躺下來，望著流轉星空，以如水夜涼，來洗滌身心疲累。那時，我以為自己終於找到了理想。

第三次，我跟她到了太平洋的一個島嶼度假，晚上於戶外席地看星，在這個甚麼都善變的人世間裡，我以為自己終於在星空中看到了永恆。

很多年後，有了事業，有了點名聲，亦有了很多自己以前不曾有過的物質享受，但是，從前曾經以為自己找尋到的一切，也隨著那一片星空，一一失掉。

或許，也該是反思一下生活方式的時候了。

生活又何妨慢一點，為了不錯過沿途美麗的風景；

靜一點，為了不讓我們遺忘，甚麼叫做天籟；

暗一點，把光亮留給白天，在晚上，重新再找回那一片星空。

在里斯本小酒館裡聽Fado

那一晚，我在葡萄牙首都里斯本的街頭，忽然感到一種莫名的孤單，結果走了進一間小酒館聽歌，希望可以藉此化解那份惆悵。

雖然我不懂葡萄牙語，但從歌者的唱腔，以及哀怨的樂韻中，不難知道台上的歌曲，在傾訴著人生裡種種的失意和悲傷。

那就是Fado，葡萄牙人嗟嘆宿命的怨曲。Fado 源於拉丁文 fatum，那就是英文 fate，即命運的意思。

以結他作簡單伴奏，歌聲細訴一個又一個哀傷的故事，如生活裡的不如意、現實的殘酷、朋友以至戀人間的欺瞞與背叛、人生的種種苦澀等。

人生，本來就是那樣千瘡百孔，愈夜，愈孤單，這些怨曲也愈易鑽進你心靈深處，觸及藏在那裡的傷痛。

台下不同桌子的人都靜靜的聽著，臉上掛著一絲的悵然，每個人手中都拿著一杯酒，在憂鬱的酒色中，細味著自己一生的命運與滄桑。

葡萄牙人民族性憂鬱，或許源於他們大航海的歷史，因為遠行，所以思念，因為在大海中飄泊，所以覺得身不由己。有人說，Fado 就是當年四海飄泊的海員，最愛在旅程中唱來舒解鄉愁的歌曲。慢慢發展下來，社會的底層，如漁民、城市中的貧民窟、罪犯、妓女等，都愛上這些歌曲，都會哼上幾句。

葡萄牙，尤其是里斯本，歷史上曾經經歷過大航海時期的輝煌，但今天卻如沒落的貴族，雖然落魄，但仍然隱隱流露出它曾有過的優雅，Fado 便是其中之一。

那一晚，我叫了一杯酒，那是葡萄牙的國飲 Porto（即香港人慣稱的砵酒），這種酒偏甜，與 Fado 其實不大相配，或許，葡萄牙人就是以這種酒，來彌補人生的苦澀。

之後，有一次，澳門有朋友聽我說過小酒館裡聽 Fado 的故事，邀請我到澳門國際音樂節去欣賞一場 Fado 的盛大表演。但最後，對於這個冠蓋雲集的場合，我還是婉拒了。

因為，我認為，Fado 始終應該屬於破落的小酒館，屬於同是天涯淪落人。

冷靜與熱情之間

很多年前看過一部電影 *Sleepless in Seattle*（港譯作《緣份的天空》）。片中至為浪漫的一幕，就是男女主角 Tom Hanks 及 Meg Ryan，原本天各一方，但最後卻在紐約帝國大廈屋頂相遇。

去年公幹路經紐約，週末剛巧有一天空閒時間，可以四出瀏覽，當行經帝國大廈時，心念一閃，心想是否也該走上頂層看看，或許真的可以重遇她也未定，但當發現要排隊排個多兩個鐘頭，才可擠上頂層時，權衡了一回，最終都是放棄。

後來回想，自己是否真的太過冷靜，太過計算，因而對愛情缺乏熱情，缺乏承擔呢？

今個暑假到意大利，其中一站是翡冷翠（即佛羅倫斯），當地最有名的名勝，便是百花聖母教堂，那是世界第四大教堂，但對於很多人來說，更為浪漫的是，日本作家辻仁成和江國香織，曾經合寫一套小說《冷靜與熱情之間》，便是以此為背景。書中男女主角，兩人因誤會而分手，十年後幾經周折，最後仍能在百花聖母教堂屋頂重新遇上。

今次行經百花聖母教堂，望見的也是一條長長的人龍，而且知道如要走上屋頂，是要攀登四百多級樓梯。但是想起上次的遺憾，最後還是把心一橫，毅然走上。

排了個多鐘頭隊，終於步入教堂，劈頭迎面的一個告示牌是：「463 Stairs! No Lift!」，以及一道長長不見盡頭的迴廊式樓梯。當然，對於已痛下決心的我，豈是如此輕易被嚇倒的。

況且，期間還能看到文藝復興大師瓦薩利（Giorgio Vasari）所畫的教堂圓頂壁畫——*Last Judgement*（《上帝的最後審判》），途中根本不愁寂寞。這真是一幅曠世名畫，讓我不禁看得入迷，設法走近一些，好看得更加仔細清楚。

到了差不多看飽之後，我才不捨的離開。但慢慢卻發現勢色不對，樓梯竟然慢慢轉為向下走！但我卻仍未登上那個能把整個翡冷翠盡收眼底，男女主角久別重逢的教堂屋頂！

天啊！原來在攀向屋頂的過程中，不知哪個中間點，曾經有著兩道樓梯，剛才我走上了的，是通向教堂圓頂壁畫 *Last Judgement* 的一道，而非通向教堂屋頂的另外一道。更糟的是，這是一條不歸路，在僅能容許一人擠過的狹窄迴廊中，根本不可能擠回頭，結果只能老大不情願的順著樓梯走出教堂的後門。

再次重新排一趟隊？那一天因為行色匆匆，趕不及吃午飯，攀了這麼多級樓梯之後，雙腿已經發軟。結果，熱情就是如此這般，被四百多級樓梯，以及個多小時烈日下排隊的煎熬，消蝕得七七八八。在冷靜權衡過自己的身體狀況，以及當天教堂剩下來的開放時間之後，我還是決定放棄。

我是否真的對愛情缺乏熱情和承擔呢？

我希望以後還會有多一次類似機會，今趟不會是我的 last judgement 吧。

PS：原來，在走向和親近上帝的路途上，你與姻緣是真的會越走越遠的。

一個人的自由行

與女友外出旅行，男人往往會碰到三件十分頭痛的事：

首先，在街上，男人慣了一鼓勁往前走，等到忽然發覺耳邊沒有了嘰哩咕嚕的聲音，才驚覺女友消失了。然後等了十數分鐘，才見到女友氣急敗壞的走過來，以及半個小時的臭罵。

男人心裡只能暗暗叫苦，自己怎麼知道，PRADA、GUCCI、CHANEL、LV等，一眾名店陳列窗的吸引力會那麼大，能令女人忘記男人的腳步；而當女人發現男人不見了時，又怎能想當然的認為這是因為男人想「撇」她？

第二，女人不斷會跟男人翻臉，例如男的說要到羅馬競技場便得左轉，但女的卻偏偏說要右轉，於是男的企圖打開地圖說明，雖然「地球是圓的」，理論上無論你朝那個方向走，都總有一天會到達目的地，但就方便快捷來講，向左確是比起向右轉好。這個時候，女人就會翻臉。

男人蠢的地方是，女人本來根本並不在意左轉或右轉，她之所以堅持右轉，其實是想發洩，自己走路已經走得很累，又或者她根本不想去競技場。

第三，女人最後一招就是哭，哭的理由可以十分雞毛蒜皮，例如當兩人繼續就向左還是向右轉，相持不下時，男人走去問路人並取得答案，正當你想以得意的眼神望向女人時，冷不防她已經哇的一聲哭了出來，並爆出一句：「咁叻，你自己去飽佢！」

我曾在《新君王論》中寫過一章，叫做「政治不是辯論比賽」，這裡得補上一筆，「愛情也不是辯論比賽」，和女朋友辯論（又或者講道理），你是永遠不會贏的。

所以，男女結伴外遊，其實是一件幾疲累的事，對於男人來說，累是心理上的；而對於女人來說，累則是肉體上的，我指的是一雙腳。

一個人，隻身上路自由行，便可以省卻以上煩惱。做個 backpacker（背包客），你只需一個背囊，便可以瀟瀟灑灑的上路，不用一喼兩喼、一箱兩箱，連拖帶拉，累累贅贅，別人看到還以為你在搞移民。

女人講求安全感，出發前，非要把行程定得清清楚楚，酒店訂得妥妥當當，才會肯和你上飛機。相反，一個人，甚麼都隨心而發，過去半個月在意大利的日子，得閒無事便會在火車站亂按自動售票機，查閱明天的火車行程和班次，才盤算明天的行程和目的地。到了一處地方，喜歡的，可以逗留多一兩天；不喜歡的，午後便走，沒有任何牽掛。

於是十多天，在意大利便是如此吊兒郎當地度過，例如在錫耶納的扇形廣場，懶洋洋的躺臥，享受山城裡的清風；又或者無所事事，在翡冷翠亞諾河的橋上發呆，曬著意大利黃昏時不太惡毒的陽光。

但忽然心裡卻有一種若有所失的感覺。

於是臨走時我在水池裡丟了一枚錢幣，希望有一天有機會再來——帶著自己心愛的人。

171　一個人的自由行

雲在青天水在瓶

唐宋八大家之一的韓愈，有一徒李翱。李熱愛佛學，後來更融合了佛家和道家思想，成了一家之言。

李翱愛跟高僧、禪師交往。當他為朗州刺史時，有一回特地走去拜訪藥山惟儼禪師，希望能向對方問道。

不料惟儼禪師卻自顧自的在松樹之下讀經，縱然太守駕到，但仍無恭迎之意，反而不瞅不睬。

李心中有氣，遂吐了一句：「見面不如聞名。」

禪師聞言，便說：「何得貴耳賤目？」意思就是，為何李斤斤計較耳朵聽到些甚麼，而偏偏忽略了眼睛看到的世上種種。

李一愕，遂收起傲氣，再恭敬的問：「如何是道？」

禪師並不直接作答，只是向上一指，向下一指，再簡約的說了七個字：「雲在青天水在瓶。」

李聞之，頓然茅塞頓開，遂即時悟出四句佛詩：「練得身體似鶴形，千株松下兩函經，吾來問道無餘說，雲在青天水在瓶。」

前些時候，煩惱不斷，心緒不寧，遂索性走了過台灣一趟，自我放逐一下。結果，在高聳入雲的清境山上，舉目之處，盡是無邊無際的雲海，看著白雲變幻無定，聚散無常，心裡亦漸漸釋然。

水，有著諸般形態，能剛能柔，能方能圓；

水，當它在空中成了白雲時，固然瀟灑飄逸，但當落入瓶內成了止水時，卻也依然能夠恬靜閒適；

水，始終能夠安於其位，

水，也沒有斤斤計較，究竟是聚氣成雲，還是靜在瓶中，究竟是在九霄之上，還是在凡塵百姓家；

水，反而始終能夠安於其位，各適其適，自得其樂。

人生在世，同樣聚散無常，禍福難料，如果能夠參透以上的佛理，曉得始終以一顆平常心看待，寵辱不驚，不以物喜，不以己悲，那麼便可得喜樂平安。

尋找童年時的聖殿

曾幾何時，《聖鬥士星矢》風靡了無數青年人，那不單是因為片中帥氣、華麗的人物造型，以及天馬行空的格鬥招式，更因那熱血，五位嫉惡如仇的青銅聖鬥士，義薄雲天，在戰鬥中不斷開拓自己的小宇宙和成長，讓稚子深深嚮往。

青銅、白銀聖鬥士艱苦修煉的終極目標，就是能夠最終晉身黃金聖鬥士，成為黃道十二宮裡聖殿的主人。

聖鬥士畢竟虛無飄渺，但希臘神殿卻真的存在於世上，於是，年輕時夢想，就是能夠有朝一日，親身走去這些神殿朝聖。

但是，相隔兩千多年，滄海桑田，很多神殿早已變為一堆頹垣敗瓦，或僅餘幾根孤伶伶的樑柱，如今在世上仍能夠好好保存的，寥寥可數，許多年後，我終於去到其一，那是西西里島阿格真圖（Agrigento）神殿谷裡的協和（Concordia）神殿。

神殿谷裡共有七座神殿，聳立在廣闊大地之上，蔚藍天空之下，頗有頂天立地的氣勢。協和神殿保存得最完整，可說是谷裡的明珠。它建於公元前四四〇至四五〇年，究竟用來供奉哪位神祇已無從稽考，取名「協和」，只因為考古學家發現其拉丁文刻字之故。聯合國教科文組織（UNESCO）的標誌，就是以協和神殿作為藍本，可見其歷史地位。

另一神殿則是用來祭祀傳奇英雄海克力士（Heracles），它原本該有三十八根石柱，但敵不過歲月風霜，如今只剩下八根。

海克力士比星矢更早成為我童年偶像，因為幼時愛讀希臘神話，早讀過他「十二苦差」的故事，他殺死了刀槍不入的巨獅、斬殺了砍掉後蛇頭又會重新長出的九頭蛇、奪取了亞馬遜女王的腰帶、活捉地獄裡的三頭犬等十二苦差，後來更在尋找金蘋果時解救了讓人尊崇的普羅米修斯，過程中表現出智勇雙全、義薄雲天，可說是希臘神話中最偉大的英雄。

但就如其它希臘悲劇主角一樣，海克力士一樣命途多舛，他是眾神之神宙斯（Zeus）誘姦女子後誕下的私生子，雖然從小便自強不息，學得一生好武藝，驍勇善戰，但卻遭到善妒的宙斯元配希拉（Hera）所痛恨和詛咒，讓他一生多次身不由己的陷入瘋狂，做出各種錯事，其中一次更殺害了自己幼子，為了洗刷這個罪孽，他才因此揹上了十二苦差。但就算苦差漂亮完成，但卻不代表可扭轉其悲劇命運。他的第四任妻子，因怕他變心，被他仇家所騙，幫他穿上一件染上仇家復仇之血的衣服，那些魔血不斷侵蝕其皮膚，讓他痛楚難當，而衣服又緊黏著他皮膚且脫不掉，最後他惟有選擇投進熊熊烈火中自行了斷。

但這些都沒有改變後人對這位英雄的崇敬，西西里人在這裡築起了神殿來祭祀他，而後世不少王族，例如斯巴達和馬其頓，都聲稱自己是海克力士四處留情後所誕下的血裔，並以此為榮。

我在這些聖殿前良久，從夕陽斜照站到夜幕低垂，為的是終於抵達年少時所憧憬的聖域；為的是想等流星有緣長空劃過，重回味星矢的天馬流星拳；為的是緬懷那些嫉惡如仇的日子。

蝸居裡漫遊

疫情肆虐，幾乎全世界都鎖國封城，絕大部分的飛機航班已經取消，且不見得兩三個月內情況會有明顯好轉，看來，我那持續了十多年的暑假外遊習慣，今年也得打斷了，對於我這樣一個旅行熱愛者來說，不可謂打擊不大。

「宅在家」的日子，讓我想起十八世紀，一位法國少年軍官薩米耶·德梅斯特（Xavier de Maistre）的著作。他曾經因為在那個決鬥被禁止的時代，卻與人私鬥，因而被罰關在寓所內四十二天，被限制在自己的房間內不得踏出房門。想不到，這個際遇，卻造就了一位西方最出名的「宅遊家」。

話說那是歐洲文學史上十分流行旅遊行文學的一個時期，似乎每個作家，都應該要來趟長途旅行，且記下千奇百怪的所見所聞，才算得上入流，偏偏德梅斯特卻被幽禁了。結果，不能向世界出發，便只得在窩居旅行，在不無自嘲和反諷的心態下，寫下了《在自己的房間內旅行》（*Voyage Around My Room*）一書。

原本這裡只是一個狹小空間，從東走到西，只需三十六步而已（其實已經大過我家很多了！），但他卻帶領讀者在這方寸之地內「雲遊四海」，一張床、一塊鏡、一扇窗、牆上的畫、抽屜裏的舊信、書架上的藏書，都變得趣味盎然。原本他打算從房的一角走到房門口，但途中遇上了一張椅子，於是行程就改變了，思緒和筆鋒也隨之改變。

這種旅遊方式，不須付出任何力氣和金錢；也不需理會天氣的好壞；更不會遇上土匪海盜，男女老幼皆宜。網絡年代，在自己的房間內旅行，又是另一境界。

三月底，又是櫻花綻放的季節，往年這個日子，大家可能已經飛了去日本、韓國、台灣賞櫻，但今年大家卻只能「宅在家」。想不到，大陸卻搞了個「雲賞櫻」的名堂。廣大網友都可以在網絡平台上，實時觀看武漢大學櫻花盛開的美景。早於抗戰初期，武大就開始栽種櫻花，至今已經有上千株，每年三月櫻花綻放，都引來大量民眾到那裡賞櫻。但今年礙於疫情，校園封閉，為了讓向隅的民眾不會太失望，於是便搞出了這個「雲賞櫻」。

或許，今個仲夏，自己「宅在家」，也得想想「雲旅遊」、「雲美食」，一於「睇咗當去咗」，「睇咗當食咗」，聊以告慰。

七、人間有味是清歡

人生最美味的一頓飯

怎樣才算是人生最美味的一頓飯呢？

已故旅遊名廚 Anthony Bourdain，在其所著 *A Cook's Tour: In Search of the Perfect Meal* 一書中，曾經說出以下一番體會：

有這樣一個遊戲，叫做「人生最後的一頓飯」。它提出這樣一個問題：假如明早你就要被人送上電椅，在此之前，你還可以享用一頓晚飯，那麼你會想吃些甚麼呢？有人說：炖排骨；有人說：意大利麵條；有人更說：一份三文治。

但有趣的是，從來沒有人會答說，想到一間米芝蓮三星級餐廳，吃一頓豐富的晚餐；亦沒有人會回憶說，人生最美好的一頓飯，是在裝修富麗堂皇，侍應穿得西裝畢挺，服務無微不至，集廚神技術和山珍海錯食材於一身的餐廳中吃。

「完美的一頓飯」，有時就像幸福一樣，會出其不意的溜到你面前，又在一瞬間溜走；又或者那一刻你捕捉不到，但卻在很多年後，在你的回憶中湧現；

那可能是你童年時在學校悶了一肚子氣，還要冒著冷雨走了大段路回家，發現母親正在燒一鍋熱騰騰的湯等著你；

是在一個炎熱的夏夜，瞞著父親，第一次呷了一口偷來的冰凍啤酒；

是大學畢業那年暑假，拿著 Euro Pass 學生票在歐洲流浪，顛沛流離，啃了好幾天硬如石頭的麵包，最終可以安頓下來，吃一頓熱飯；

又或者，是你第一次嚐了女友唇上的香檳……

食物的味道，永遠與你那一刻的心境和感情分不開。

至於我自己又如何呢？我一生人吃過最好的東西，是一頓在巴黎吃的越南菜。

那一年，我的女友到了英國念書。別了半年，我到倫敦探望她，並順道和她去法國遊玩。英國的食物出了名難吃，饞嘴的女友，在倫敦足足被折磨了半年。到了巴黎的第一個晚上，我們揀了一間越南餐館吃晚餐，春卷、紅飯、牛柳粒、奄列、牛肉湯粉……叫了滿滿的一桌。望著她吃時滿足的表情，那一刻，我覺得食物真的十分好吃。

後來，我們分了手。

思念在記憶中沉澱。腦海裡的回憶，永遠是最好的東西。

夜闌人靜裡的即食麵

聖誕和新年前後的晚上，總覺得特別冷。

書房裡，與電腦和鍵盤作戰，不知不覺已經到了午夜，望向窗外，夜幕中，只見到幾盞昏黃街燈，萬籟俱寂。

肚子不覺咕嚕咕嚕的響，手腳漸漸冷僵，指尖變得遲鈍。也是時候歇一歇，充一充電，慰藉一下轆轆的飢腸。

我想，遇上此時此刻，村上春樹，或許會煮上一碟意大利麵，他說，這是一個人吃的料理。他在〈意大利麵之年〉一文中，曾經如此描繪以下一個意景：意大利麵就如此在蒸氣中被煮了開來，然後就像江河的流水一樣，流過時光的斜坡，然後匆匆逝去……

但在這樣一個寒冷的午夜，我卻不想如此大費周章，更不想走到寒風凜冽的街上，找地方吃宵夜，於是，走進廚房，燒了一鍋水，簡單煮了個即食麵。

一個即食麵，甚麼牌子、味道都不要緊，最重要的是，不用走出家門，也不用假手於人，只要有熱水，便可以弄出一碗熱騰騰的湯麵，為獨居生活，帶來一點溫暖，一絲慰藉。

慢慢地，即食麵也成了一種生活方式，象徵在平淡生活中，也不用太單調，仍可加添一點味道。

當舌尖嚐到味道，讓人再次體會到活著的實在感。當熱湯燙紅了嘴唇；當味精香氣刺激了鼻腔；當咀嚼麵條時，牙齒感受到麵條的柔韌和彈力，這種存在的實在感，也就更加強烈了。

眼前這一碗即食麵的意義，不單是填飽轆轆的飢腸，也舒緩了午夜裡的孤獨，更重要的是，它告訴我，縱使一個人，也可好好過日子。

Paul Tillich 說過：「語言創造了『孤獨』一詞來表達獨自一人的痛苦，卻又創造了『獨處』一詞來表達獨自一人的榮耀」（Language has created the word “loneliness” to express the pain of being alone, and the word “solitude” to express the glory of being alone）。

我想，幫我從「loneliness」昇華到「solitude」的，還有眼前這碗即食麵。

隔夜冷飯

《深夜食堂》作者安倍夜郎曾出版過一本散文集《酒友，飯友》，內裡其中一篇叫〈單身中年人的冷飯〉。

安倍說自己一直獨身，離開老家到東京讀大學後，一住便三十多年，期間從沒跟別人同住過。為了過活，他也得學會做飯，但也只是一些簡單東西。他說慣了吃隔夜冷飯，且喜歡吃，更有不同吃法。

首先，他愛吃咖哩，但因為一個人住，煮咖哩就得連續吃幾天。他慣了把吃剩放雪櫃的咖哩，乾脆澆在冷飯上吃。

其次，他也喜歡把早餐吃剩，凍的味噌蜆湯，同樣澆在冷飯上吃，更說在自己的「最後晚餐」，一定要吃上這一道不可。

冬天時，他則最愛做關東煮，而他的關東煮十分簡單，只有牛筋、白蘿蔔、水煮蛋，把食材全放進鍋裡，注滿半鍋水，水滾後，加入一包關東煮調味料，煮三個小時便可吃，不用特別調味，頂多是加點醬油和料酒。他說，軟爛的牛筋、入味的白蘿蔔、顏色漂亮的水煮蛋，怎能不好吃？升級版，是在關東煮最後吃得差不多時，再加進豆腐。

從安倍的文章中，或多或少看到一個獨居中年男人的起居飲食。

首先，就是要處理隔夜冷飯的問題。

以我自己為例，在家時，多是煮個麵解決，一旦煮飯，因為一人飯量有限，多吃剩下冷飯。而我解決冷飯的方法，恰巧也是靠咖哩。

我不會如安倍般自己煮咖喱，反而會到餐廳買客咖喱牛腩飯外賣，先吃一餐，到下一餐時，把剩下來的咖喱汁，以及冷飯，一併從雪櫃取出，混在一起，放進微波爐「叮熱」，再煎些香腸、火腿、午餐肉之類，那便是不錯的一餐。

此外，獨居一大煮食必殺技，就是「一鍋熟」的煮食方法。

當然，我煮的不是關東煮。天寒地凍時，一個鍋，倒進一罐清雞湯，放進豆腐、蔬菜、肉丸、魚蛋等，煮到一鍋熱氣蒸騰，再稀哩呼嚕的吃，吃得全身暖和，簡便快捷。

至於我會煮而又「高檔」一點的「一鍋熟」菜式，那就非紅酒燴牛肉莫屬，一年準會煮上一兩次。先把乾蔥、洋蔥下鑊爆香，再把牛肉塊下鑊爆炒，之後倒進鍋裡，再加生抽、胡椒、糖、檸檬皮屑來調味，之後再放入去皮番茄和紅酒來作汁，且加入胡蘿蔔或甘筍去炆，到最後便是一鍋口味濃郁的紅酒燴牛肉。

這道菜精華在那些紅酒肉汁，伴飯食最佳，尤可處理隔夜冷飯。菜做好之後，可一吃便是幾天，每餐都可以舀出些肉和汁，澆在冷飯上，放進微波爐「叮熱」後吃，十分方便。

除了隔夜冷飯外，也要處理隔夜麵包的問題。通常一袋方包四至八塊，一個人一次準吃不完，但放久了又會發霉，於是便得放進雪櫃裡。但從雪櫃中拿出來的麵包，已經發硬，失去了生氣，再不會鬆軟好吃。

多年來學識一招，可把發硬了的麵包「起死回生」。方法十分簡單，那就是在麵包上灑水，再放進多士爐內烘，之後便變成一塊熱烘香脆的多士了。

午夜裡的都市驛站

在日劇裡，總會看到如此一幕：夜幕低垂後，劇中人，飽受生活的折騰，經過一天的勞累，滿身傷痕，帶著一肚的挫折與沮喪、困惑與茫然、哀傷與愁苦，撥開懸掛在門口的布簾，獨個兒走進一家小小的居酒屋。

在料理吧台前，擠個位置坐下，然後，要了幾道燒物、伴酒小菜，便自斟自飲，一杯又一杯的苦酒，灌進愁腸。偶爾與吧台內的老板，有一句沒一句的搭上，有人會得到開解，但更多的人，卻依舊愁腸百結。

最後，夜已深，店鋪亦要「打烊」了，畢竟，天下間沒有不散之筵席，縱然戀戀不捨，但仍得結帳離開，拖著疲乏如爛泥似的身軀，再次迎上門口的布簾，獨個兒上路，步進無盡黑夜中。

香港沒有幾多間類似的居酒屋，即使有，也沒有那樣的氛圍。那些於午夜仍在街上四處飄泊的都市浪族，卻會落腳於二十四小時營業、年中無休的便利店當中。

在便利店裡，先揀一罐啤酒或汽水，再在雪櫃中拿起一包蝦餃、燒賣之類的點心，再加一個杯麵，又或者一盒「波仔飯」，放進店中的微波爐裡「叮熱」。在這等待的兩三分鐘，一邊呷著冰凍的啤酒或汽水，一邊在講電話，或以手機上網，總之一秒鐘也不會讓自己閒著。到了微波爐「叮」一聲，便拿出食物，三扒兩撥，呼嚕呼嚕的吃掉，再走出門，匆匆消失於夜幕下一抹霓虹燈色之中。

那一點微波爐食物，在午夜裡，不單讓你填飽肚子，也讓你在午夜的飄泊之中，心靈得到一點慰藉。

與日劇中的深夜食堂相比，這裡少了幾分沉重，多了幾分灑脫，也反映了這個都市的性格，「拿起」和「放下」，都在一瞬之間，容不下幾分眷戀的餘裕。

於是，午夜裡的便利店，便成了都市裡的一個人生驛站，那裡永遠燈火通明，永遠川流不息，縱然，大家永遠只是擦肩而過。

便利店讓你相信，午夜裡，縱使在街上四處飄泊，無論你有幾倦、幾餓、幾空虛、幾寂寞，它都永遠在那裡等待你，不懼曲終人散。

原來，天下間真的有不散之筵席，縱然，席間每一位，都是行色匆匆的過客，來去都不帶走一片雲彩。

一盅兩件喜相逢

朋友久未碰面，街上不期而遇，匆匆問候，別時總愛加上一句：「得閒飲茶」。不錯，上茶樓「嘆茶」、「一盅兩件」，確是港人一大飲食文化風景。

我對飲茶比較講究，「嘆茶」時重點是杯茶，因此往往自備茶葉，但大部份人上茶樓，重點反而是多姿多彩的各式點心。蝦餃、燒賣、牛肉、春卷、叉燒包、腸粉、糯米雞，都是大家由小吃到大，也是遊子去國懷鄉時，魂牽夢縈的味道。

對飲食文化素有研究，已故中大歷史系教授逯耀東先生，在八十年代香港正歷前途風雲時，曾經說過，港人移民海外，如果當地連茶樓都沒有，那就真的是花果飄零了。三四十年後的今天，移民潮再起，對此，大家又有一番體會。

根據逯教授的考究，點心源於廣州的「羊城美點」，而後者又源於上世紀三十年代廣州惠如茶樓的星期美點，當年這間茶樓星期日會以大字紅榜貼於門外，列出八甜八鹹共十六款點心，每週更換一次，來吸引顧客。

飲茶後來傳至香港，我們傳承了這種廣州文化。今天，點心食肆已經成行成市，甚至有以米芝蓮星星來作招徠。我曾經去過這樣一間酒店食府，有海外媒體甚至譽之為香港最好的點心。吃後，雖覺得水準不俗，但卻未到驚艷的地步，反而留下印象的，是它以貴價食材如和牛、黑松露菌、鮑魚等來包裝其點心，以彰顯其名貴，但其實這已非昔日那份回憶和味道了。

近月，朋友有份入股在中環開了間點心茶館，且約了我們幾位朋友在此一聚。茶館設在樓房的中庭，雪白的英式牆、綠悠悠的植物、吊扇、雲石餐桌、藤椅、青花瓷器等，氣息優雅。這裡的點心，重點不是名貴，而是食材新鮮、功夫到家、味道豐富和細緻。

館靈茶好，自然人傑，在這樣優雅的環境下，那個下午，幾個朋友天南地北無所不談，最後甚至談到女歌手 Serrini 那句歌詞（也是納蘭性德的詞）「何事秋風悲畫扇」，似是為這個年代和大家的情感，作了一個注腳。

世事無常，來日難料，但無論如何，能夠有過這樣的美好時光，還是值得珍惜、懷念、感恩的。

檸檬批・傷逝

上星期四，六月三十日，中大校園內出現百米人龍，那並非因為哪位重要人物到訪，而被有關方面動員出來列隊說「歡迎！歡迎！」，而是純粹群眾自發行為，當中有同學有校友，為的是要送別在中大開業已經有三十多年的「med can」（醫學院大樓飯堂），在其結業前最後一天光顧，聊表心意。

因為有心人眾多，所以要排長龍，人龍在雨中靜靜打着傘，為現場平添幾分淒美，幸好，他們的雨傘不用遭人強行沒收。

Med can 的檸檬批，被稱為中大「名物」，面層是幼滑的忌廉（鮮奶油），中層是清新的檸檬雪芭，底層則是香脆的粟米片，三者加起來，味道和口感俱佳，且價廉物美，莘莘學子都負擔得起，因此廣受同學歡迎，我讀書的那個年代已經如此。

年輕時沒有錢，甚麼都覺得好食，一件檸檬批已經夠樂上一整天，當大家做完project（功課）、趕完paper（論文）、考完試，往往以此獎勵自己。

早年在政政系（香港中文大學政治與行政學系）當助教時，那時跟學生感情十分要好，到了要離開時，同學特地為我辦了個歡送會，我還記得，當時學生送的紀念禮物，是動漫電影《歲月的童話》的一張電影原聲CD，至於食物，則包括一大盤的檸檬批。

如今，俱往矣，一位同學被記者訪問時，感慨地說：「對於中大來說，又失去一樣東西，而這幾年中大都失去了好多事物。」

不錯，檸檬批、med can的人情味和回憶，固然讓人戀戀不捨和唏噓，但近年中大最大的傷逝，其實卻是它的氣質和情懷。

早兩個月，在山腳校巴站等校巴時，見旁邊那株鳳凰木，長出一樹茂盛的紅花。每年當見到這樹紅花時，便知道春天已經來臨，學生也驚覺，又是考試的季節。

當時心裡一陣觸動，以下幾句不期然湧上心頭：

去年今日山城中，民女紅花雙映紅。

民女不知何處去，紅花依舊笑春風。

蛋之回憶

很多年前，前往意大利佛羅倫斯旅行，做準備功夫時，先讀了些旅遊文學，提到當地但丁故居，有以下一則故事：

有天《神曲》作者但丁，坐在門口沉思，上帝剛好經過，問：「但丁，世上甚麼東西最好吃？」但丁想也不想即回答：「雞蛋。」第二年同一天，但丁又坐在門口，上帝又再經過，再問：「怎樣的雞蛋最好吃？」但丁回答：「沾鹽最好吃。」

我沒有機緣跟大文豪結伴上天入地，但就憑這段故事，我覺得跟他還是蠻親近的，因為我也喜歡吃雞蛋。

看新聞，才知道原來台灣正鬧雞蛋荒，價格暴漲，基層百姓叫苦連天，抱怨長此下去，就連蛋都吃不起。吃隻蛋原來都不是理所當然。

年幼時，母親在家養雞，母雞會生蛋，當母親拿到新鮮還有餘溫的雞蛋，會敲殼取蛋，再加上豬油、豉油，撈白飯給我吃，那時只覺得這是天下間美味。

到了讀小學時開始有點零用錢，在小賣部最常買來吃的，就是「蛋治」（雞蛋三文治），又或者「蛋牛治」、「腿蛋治」，除了覺得好吃之外，還讓一個懵懂男孩體驗了有錢可花、自主消費的滿足感。

到了發育時期，總是食極都不飽，晚飯後不久又肚餓，久而久之，母親索性晚飯時下多些米，到我肚餓時，就可把吃剩的冷飯下鑊，下油、鹽、葱花，再加隻蛋，自己動手炒飯作宵夜，一碗熱騰騰的蛋炒飯，陪伴小伙子度過無數晚上，填滿空空的肚子，以至心靈。

到了拍拖，想溫馨，做甜品是其中一法，女生都愛甜品，但煮紅豆沙又似乎太過「麻甩」（不夠體面），又不是「柴娃娃」（鬧著玩）搞宿舍糖水會，紅豆沙實在不夠浪漫，但又不懂得做些複雜的東西，結果做了冰花燉蛋，看來體面一點，況且，要煮得燉蛋表面平滑如鏡，也要點功夫和學問。

如今週末閒在家裡，想做些簡單午餐，不時還會做「蛋治」，只可惜，再也不是記憶中小學時在小賣部嚐到的那份味道，是雞蛋品質今不如昔？是我烹飪不得其法？還是，因為青春已經不再？

日啖荔枝三百顆

夏日重臨，近日又見荔枝上市，心思思想買來吃，且又想起蘇東坡。

以往長輩教訓我們不要「貪威識食」。《射鵰英雄傳》裡的洪七公，就是因為饞嘴，每次聞到食物香味，就會食指大動，有次甚至為此耽誤大事，遂發狠切下手指，從此成了「九指神丐」，金庸老爺子似乎也想借此教訓我們不要貪吃。

但偏偏蘇東坡，卻教曉我們，人生不如意十常八九，培養些嗜好，可讓大家在失意時，有所寄託，而吃就是其中之一。

蘇東坡一生接二連三遭貶謫，黃州、惠州、儋州，從湖北，到廣東，最後更到海南，流放得一次比一次遠。但難得他沒有因此過份自憐自傷，反而透過發掘當地美食，來作補償，填補心靈裡的破洞。

例如到黃州時，他發現當地豬肉之美，遂寫了〈豬肉頌〉：「黃州好豬肉，價賤如泥土。貴者不肯吃，貧者不解煮。早晨起來打兩碗，飽得自家君莫管」，且教大家煮法。此外，他又發現當地魚亦鮮美，於是又寫了〈煮魚法〉，教大家烹魚；待得了塊地種菜，又寫了〈東坡羹頌〉，教大家煮蔬菜羹。

雖有經國濟世之才，但既無緣「治大國」，又何妨「烹小鮮」，這乃豁達。（順帶一提，蘇東坡雖寫過不少文字教人烹飪不同食物，如「東坡魚」、「東坡羹」，但卻偏偏未見過他教人以醬油、冰糖、黃酒來煮「東坡肉」。）

又例如，蘇後來又流放到惠州這窮鄉僻壤，但他覺得又何妨隨遇而安，學曉欣賞這裡的風土事物，如甜美的荔枝，遂說「日啖荔枝三百顆，不辭長作嶺南人」，關鍵在後一句，意思就是，縱然冠蓋滿京華，但這裡既有荔枝可吃，留在嶺南也不錯呀！想到這裡，人也釋懷了。

活在這個時代，每天都有令人氣餒的新聞和消息，我們確是需要另找生之美好、活之樂趣，讓自己不至頹喪消沉，萎靡不振。

在《明報》副刊裡，Margaret 跟我是鄰居，她的專欄就在我的旁邊。近來見她寫的都是烘麵包、曲奇、蛋糕等。理解她的處境，明白她的心情，還望她能好好生活，早日雨過天清。

八、未妨惆悵是清狂

明月照溝渠

不是你優秀，就應份得到愛情

人生最難逾越的，就是委屈和不忿。

而愛情至大的委屈和不忿，就是：為甚麼我心向明月，但卻明月照溝渠？

金庸小說裡很多愛情故事，都羨煞旁人，如郭靖和黃蓉；又或者蕩氣迴腸，如楊過和小龍女。但偏偏一部冷門作品《連城訣》裡，一個配角梅芳姑的故事，我卻覺得更發人深省。

梅芳姑條件樣樣優秀，但卻同時是個烈女，因得不到所愛，而做出十分極端反應，包括自毀容顏、擄走對方兒子並虐待以作報復。結尾，多年後，她與原先鍾情的對象重逢，終忍不住，作出連串拷問。

梅芳姑道：「當年我的容貌，和閔柔到底誰美？」

石清答：「二十年前，你是武林中出名的美女，內子容貌雖然不惡，卻不及你。」

梅又問：「當年我的武功和閔柔相比，是誰高強？」

石道：「不錯，你武功兼修丁梅二家之所長，當時內子未得上清觀劍學的真諦，自是遜你一籌。」

梅又問：「然則文學一途，又是誰高？」

石道：「你會做詩填詞，咱夫婦識字也是有限，如何比得上你！」

梅冷笑道：「想來針線之巧，烹飪之精，我是不及這位閔家妹子了。」

石仍是搖頭，道：「內子一不會補衣，二不會裁衫，連炒雞蛋也炒不好，如何及得上你千伶百俐的手段？」

梅終於按捺不住，厲聲道：「那麼為甚麼你一見我面，始終冷冰冰的沒半分好顏色，和你那閔師妹在一起，卻是有說有笑？為甚麼……為甚麼……」說到這裡，聲音發顫，甚是激動。

石緩緩道：「梅姑娘，我不知道。你樣樣比我閔師妹強，不但比她強，比我也強。我和你在一起，自慚形穢，配不上你。」

在梅眼中，愛情該是種按工具理性和計算，而擇優而為，就像今天我們消費、投資、決策等，追求最大回報。因此，若非優勝劣敗，那是不合理、不公平呀！

但對方卻沒有揀樣樣優秀的自己，實在是豬油蒙了心。而石所給的理由，竟是「自慚形穢、配不上你」八個字！

或許，石其實還有沒有宣之於口的理由，例如梅性格太剛烈、太強勢，讓他感到壓力。

儘管現實上，這麼極端的例子並不多，但條件優越，卻選擇一個平庸伴侶的，卻大有人在，除了前述水平、性格匹配的理由之外，我覺得「時機」也十分重要，哪時遇上，十分關鍵，在某個時空，起到某種化學作用，讓雙方擦出火花，早些不成，晚些也不成，哪管其它條件相同。

因此，就看你在那一刻遇上的是哪一個人，而這有著一定隨機性。

人生，本來就是有其偶然性。

所以，不是你優秀，就應份得到愛情。

愛情，沒有所謂公不公平，有人很快很易找到自己理想的另一半；有人窮一生努力，卻仍是徒勞無功。但世情，往往就是如此。

世上委屈不獨你

年輕時的憤世嫉俗，往往源於你受苦的時候，不知道別人也在受苦；你覺得世界對你不公時，不知道世界對其他人也不公；你不知道不公、委屈、受苦，原是世道的常態。

我看過評金庸小說人物，講女角講得最好的，是內地作家「六神磊磊」，他是如此寫《神鵰俠侶》裡李莫愁的。李莫愁武功好，又是個大美人，本屬人生勝利組，但卻下場悲慘，全因她的一生被負面情緒所吞噬，因為，她覺得世界對她不公。

她覺得，師父偏心師妹，只傳小龍女《玉女心經》，是對自己不公；愛郎結婚了，但新娘不是我，更是天大的不公。她憤憤不平，繼而惡念叢生，遷怒旁人，甚至濫殺無辜。當事人已逝，她就洩恨於其家人，要血洗其弟弟全家，結果陰差陽錯，就連一位婦人也受害。誰不知，這位婦人的身世，原來比李莫仇更加要委屈十倍，她就是武三娘。

武三娘的丈夫是武三通，他收養了一個養女，她就是後來嫁給陸展元，造成慘劇源頭的何沅君。豈料，這位養父對養女逐漸竟萌生綺念，不再純粹是父女之情，更因她跟愛郎私奔，而變得瘋瘋癲癲，四處尋女和生事。可鄰妻子還要忍受如此家醜，克制情緒，獨力好好哺育兩子，以免他們因家庭破碎而學壞，還要歷盡風霜，千里尋夫。試問武三娘所受到愛情上的辜負和委屈，是否比李莫仇要大十倍，更有理由發飆？

但武三娘卻無怨無恨，最後甚至犧牲自己，為丈夫吮毒，死於冰魄銀針毒下。原來同是天涯淪落人，李對此又有否半點同理心和愧疚呢？

成長，就是要學識同理心，多把自己放在別人的位置和處境下想問題，不要把自己的痛苦無限放大，同時卻對別人的痛苦視而不見，終日只曉自憐自傷。

失意、失戀確是需要一個哀悼期，但這個哀悼期也不要太久、太沉溺，否則，人就會開始變態。

一分耕耘，不代表有一分收穫；我心向明月，但卻明月照溝渠；忘恩負義和恩將仇報……這些都是人生中不時會遇到的，給你碰上，你沒有特別慘，只不過是你也沒有特別幸運而已。

It's all about timing

「愛情其實是有時間性的，太早或太晚認識，結果都是不行。如果我在另一個時間或地點認識她，結局可能不一樣。」——周慕雲，電影《2046》。

很多人慨嘆愛情之憾，往往在於兩個字：「太晚」，太晚碰上對方，就算有幾投緣，無奈名花有主，也難移情別戀。

家傳戶曉的愛情悲劇《梁山伯與祝英台》，悲劇源頭，就是因為梁山伯誤會了祝英台臨別時意思：「二八、三七、四六定」，人家叫你趕快十日內上門提親，少年懵懂，竟誤以為是三十日，結果「早來廿天梁家媳，遲到廿日馬家婦」，就是因為「太晚」，悲劇就此鑄成。

有人認為程靈素的悲劇，也在於「太晚」遇上胡斐，因早在兩人相交的不久之前，胡已經碰上了嬌俏可人的袁紫衣，痴心早付，魂牽夢縈，「沉船」得難以自拔，眼裡難有他人。若然胡最先碰上的是程，愛情結局或會改寫。

但我反而想講，較少人談到的，卻是「太早」這兩個字。程靈素的悲劇，未嘗不是給胡斐「太早」遇上，少男懵懂，還未懂得欣賞佳人。若待胡長大一點，愛情路上，嚐過甜酸苦辣，閱歷較多，甚至歷盡滄桑，體會到縱是紅顏，年華也得漸去；而自身體質也出現變化，血氣方剛不再，賀爾蒙分泌有所收斂，看女生，不再那麼著重樣貌身材，反而多重內涵，那麼結局也該不一樣。

再者，一個機智聰敏、料事如神、運籌帷幄、處事果斷的女生，也需要男生內心有足夠的強大，才可共處。而少年胡斐莽撞壞事，在程身邊時，難免有點自慚形穢，甚至不安，反而一個鬥氣冤家（如袁紫衣），讓他活得更輕鬆自在。他仍需要多些日子的歷練和沉澱，讓他長成一個真男人，活出真自信，那麼他與程的距離也可拉近。

畢竟不是每個男生都是郭靖，從不介懷身邊是黃蓉。所以，還是那一句，程靈素未嘗不是「太早」給胡斐遇上。

愛情，關鍵不一定在whom，而可能在when，It's all about timing。

惟情難解

深情，就是只予付出，不問回報。

金庸小說中最讓人惋惜、心痛的女角，非程靈素莫屬，近日看電視劇《飛狐外傳》，又勾起了對她的感傷。

程靈素機智聰敏、心地善良、料事如神、下手決斷、醫毒雙修，還懂易容術，比起衝動魯莽的胡斐，更讓人有安全感。

只可惜，她長得不美。

她一直守護胡斐，卻得不到他的愛，反提出要跟她結成異性兄妹，一個少女的愛情從此幻滅。用今天港女港男的話，就是把對方friend zone。但程卻並沒有因此惱恨袁紫衣，反而甘願做胡妹子，成全兩人，繼續守護胡斐。

或許，年輕時血氣方剛，賀爾蒙旺盛，男生看女生，總是先被樣貌、身材吸引，有幾個會重視內涵？胡斐也一樣，年幼時情竇初開，對姊姊馬春花有綺念，長大後傾心的，是袁紫衣和苗若蘭，都是花容月貌。

偏偏程靈素，卻像個尋常農家女，身材瘦小，面有菜色，縱有智慧，在愛情上也只能做個失敗者。或許世間多數男生，喜歡女生總是美貌多於智慧，就如前傳《書劍恩仇錄》，陳家洛喜歡的也是香香公主，而非霍青桐。

金庸有兩幕前後對比寫得很好：初相識時，袁紫衣送胡斐碧玉鳳凰作禮物，胡珍而重之，纏繞心頭；到了胡初見程靈素，對方就送了他兩朵小藍花，胡「道了聲謝，順手放在懷內」，是「順手」。碧玉鳳凰無疑浪漫，但卻不似小藍花實際，可以解毒，可保平安。但男生卻總是如胡斐那樣，揀女友要浪漫不要實際。

程靈素師父毒手藥王有個規矩：凡是無藥可解之毒，本門弟子決不可用於傷人，對方就算大奸大惡，總要給他留一條回頭自新之路。程謹記師父教誨，一直不用無解之毒，只可惜，她自己最後卻身中無解之毒。

無解之毒，說的不是她義無反顧，為救胡斐而犧牲自己，用口吸出那由孔雀膽、鶴頂紅、碧蠶毒蠱三者混成的曠世奇毒，而是——不可救藥的愛情。

劇中有一首很動聽的插曲，叫《惟情難解》。愛像曇花，偏偏為此，耗盡一生，但到頭來，只餘風雪。

相依爲命

去年，王夫菲臘親王離世，如今，十七個月後，英女王也告離世，有報導說，期間，女王一直鬱鬱寡歡。

友儕間有不少已屆暮年，難免有點觸景傷情，感慨「老伴一去，餘生無依」。公公婆婆老夫老妻，往往在一人走後，另一半也很快跟着去，是喪失了感情上的依靠，也是喪失了活下去的意志和動力。這就是相依為命。

我無意將此說成一普遍現象，但卻想說，如何克服老伴離世後的心靈破洞，對很多公公婆婆來說確是一個關口。

我記得有次在報章看到篇專訪，那是訪問已故中大校長高錕的遺孀黃美芸女士，講述校長離世後她獨個兒生活的日子。

校長與夫人的恩愛，是人所共知的，校長晚年患了腦退化症，幸得夫人不辭勞苦的照顧。可以想像，校長離世對夫人的打擊，她說白天沒有事，但晚上半夜醒來想起，便不禁靜靜流淚，現在她明白為何別人說，有時一個人走了，餘下那個好快也走，她指這是broken heart（心碎）。看到這裡，心裡不禁黯然。

當然，不一定是一位走後另一位很快跟著去那麼極端，但餘下那位衰老得特別快，也是常有的。

我有位朋友曾告訴我，說老父晚年身體很差，母親不辭勞苦的照顧，每天頻頻撲撲，甚至不時要往返醫院，十分勞累。他為母親健康而擔心，但母親自己反不覺甚麼，健康還可以。反而老父離世後，母親再無需勞心勞力照顧老伴，健康卻反而急轉直下，後來更患上了腦退化症。這時他才知道，原來照顧老伴，一直是母親生活的意志和動力之源。

原來照顧對方，一直是自己生活的重心，一旦失去重心，生活也變得只剩下難以承受的輕。

又或者，吵吵嘴，耍耍花槍，都是一些老夫老妻的生活日常，或許，你會覺得另一半很煩，但其實這也是一種幸福，當有一天她不再在你身邊囉唆時，你反而覺得這個世界寂靜得讓你難以承受。

這也是相依為命。

快樂王子

幸福不需要華麗，也不需要旁人的認同。

港男和港女，總愛為別人本來只屬於兩個人之間的事，而議論紛紛，指指點點，且樂此不疲。

這是否一段「爺孫戀」？

他們兩個「襯唔襯」？

她是「傻的嗎」？揀一個大自己三十六歲的！？還是存心欺騙？

他是否「瞎了眼」？最後會否為此落得人財兩空？他是否該果斷「斬纜」？

嗜血的媒體每天都大篇幅跟進報導，KOL 為了刷流量更不會放過，幾多刻薄難聽的評語，網上世界都有。

我想起王爾德所著《快樂王子》的故事。

王子得到小燕子相濡以沫，即使紅寶石、藍寶石、金片等都一一送了出去，最後甚麼再也沒有，外表變得黯然失色，眼睛甚至瞎了，但卻始終無怨無悔。

小燕子也始終沒有離開，捨棄那別人眼中業已落得滿目瘡痍的王子，因而趕不及飛到溫暖的南方避寒，最後甚至為此付上性命，但亦同樣無悔無怨。

縱使在城裡眾人眼中，剩下來的，只不過是一堆爛銅爛鐵，以及一隻死鳥，並為此幸災樂禍、不知就裡地作了很多無謂的評論：

失去寶石和黃金的快樂王子，比乞丐更難看；

懶惰的小燕子，實在是死有餘辜……

但這些雜音，其實又有何重要呢？

上主比所有人都知得清楚，天使亦已經把王子和燕子的遺愛，從凡間帶上天堂。

更何況，即使上天最終沒有眷顧，那也不重要，因為王子和燕子已經體會到甚麼是相濡以沫，縱使在凡人眼中，並不華麗和美滿。

可笑的是，市長和那班議員，還在爭論他們當中，誰配鑄成新的銅像，來取代原先的快樂王子。

男女雙方究竟幸不幸福，不是由不相關的旁人，七嘴八舌所決定的。

人魚公主

委曲求全，是否就能夠贏得愛情？

讀大學時，朋友曾經告訴我一段「邂逅」，有次他到大陸旅行，認識了一位內地女生，且發生了一段霧水情緣，之後，他並沒有上心，但女生卻愛得痴纏。

女生起初以為問題出於自己學歷、學識不配，於是勉強自己要多讀書，以及擠入大專，好歹也要有個學位。但這當然改變不了愛情的殘酷，畢竟朋友是出了名的浪子，那時他的格言是《阿飛正傳》片中的一句：「世上有一種鳥是沒有腳的，它一直的飛呀飛，飛累了就在風裡面睡覺，這種鳥一輩子只能下地一次，那一次就是它死亡的時候。」

後來，女生排除萬難來到香港，知道對方為自己所做的，朋友不錯是有點感動，但就僅是有點感動而已，女生最後也只能失望而回。

若然對你沒有愛情的感覺，那麼無論你為他做了幾多事情都好，始終還是沒有愛情的感覺。情人節是二月十四日，感恩節是十一月最後一個星期四，大家不要搞錯。

現實生活上，更多的女生，為了吸引和討好心儀的男生，去了瘦身、豐胸、整容、改變自己，但她們最終真的能得到愛情嗎？

我想起安徒生所著《人魚公主》的故事。

人魚公主對王子一見鍾情，希望能共諧連理。但人魚殊途，為了能變身成人接近王子，她不惜把自己悅耳的聲音，拿去與女巫交換。喝下那杯苦水後，得忍受尾巴像剪開般才可變成雙腳，且從此走起路來，每步都得承受如刀割般的痛苦。但若然王子始終不愛她，而與別的女子結婚，她就得在翌日黎明，化成海上一堆泡沫。

離鄉背海，失去了聲音，捨去了讓她海上逍遙自在的魚尾，且時刻受著刀割般的痛苦，人魚公主為愛情作出種種重大犧牲，但委曲求全後，王子還是跟鄰國公主成婚。

人魚公主落得心碎，她的犧牲，徒然換來悲傷。

但在王子婚前，她還是獲得一個最後機會，她的姊姊為了拯救她而將長髮再次拿來與女巫交換，換來一把匕首。如果她能用這把匕首刺進王子心上，讓血滴到自己腳上，她就能恢復人魚之身，回到海裏和家人重過原先的美好生活。

但在王子結婚那一晚，人魚公主還是沒有下手來換取永生。在深情回眸後，她投進海中，在清晨的第一道陽光下，化成了一堆泡沫。

宮崎駿所拍的動畫電影《崖上的波兒》，故事藍本就是《人魚公主》。來自大海的波兒，不顧一切，要與所遇的岸上男孩宗介共同生活。海洋之母，也就是波兒的母親，向她警告，不怕若然將來男孩變心，她就會變成一堆泡沫嗎？

你估波兒如何回答？

她說：浮生，本來就像堆泡沫。

青鳥

幸福，原來早已在燈火闌珊處。

朋友很年輕就結婚，原因跟某位特區政府領導相同。太太早早疊埋心水在家相夫教子，把家裡打理得井井有條，但卻無可避免地，學識、見識跟丈夫差距愈來愈遠。到了朋友事業有成，這種差距開始讓他心中萌生綺念，人生是否該有段理想的愛情，尋覓一個品味、喜好、見識，以至外觀，都跟自己相匹配的soulmate（靈魂伴侶）？

這種綺念，自然而然讓他墮入了婚外情。後來東窗事發，離婚收場。但條件好的女人，也會有很多想法，激情過後，離朋友而去。結果，只餘一個一塌糊塗的家庭。

朋友至此才發現，以往自己是被太太照顧得多幸福，在外打拼後，回家可以有個安穩的避風港。原來原先心目中追求的所謂理想愛情，終究是鏡花水月。驀然回首，幸福，原來早已在燈火闌珊處。

這樣我想起諾貝爾文學獎得主梅特林克（Maurice Maeterlinck），其有關追尋幸福的經典名著《青鳥》的故事。

一對兄妹踏上了尋找青鳥之旅，兩人千山萬水，歷盡艱辛，路經一個又一個的奇幻國度，如聚集了死去親人的思念國、匯合了各種幸福快樂的享樂宮、預示將來奧秘的未來國、需要面對種種恐懼的夜之宮殿……但途中，兩人不是讓到手的青鳥飛走，就是發現找到的並非真正之青鳥。

與仙女約定的期限快到，兩人只能空著急，尤其是眼看青鳥在身邊一次又一次的飛過，卻總是無能為力，無法把它抓住，失諸交臂。

就在兩兄妹鳥倦知還，回到家中時，赫然發現，家裡的白鴿，竟然變了作青鳥！其實白鴿並沒有變，只因兩兄妹長年累月的經歷，讓兩人成長和領會，開始懂得欣賞身邊的美。因此，如今在兩人眼中，鴿子變成了青色，且光彩奪目。

眾裡尋他千百度，驀然回首，那人卻在燈火闌珊處。

愛情和幸福，未必需要在天涯海角才尋覓得到，或許，早已存在於咫尺之間。

我還記得有如此一個印度寓言：

眾神討論要把幸福藏在哪處地方，好讓世人怎樣也尋找不到，以懲罰眾生。但卻發現，人類好奇心之盛，足以讓他們上天入地，無處不去。最後，最有智慧的眾神之首婆羅門發言了：「該把幸福藏於人類內心的深處，因為——唯有這麼近的地方，他們才最不會去找。」

Maybe the happy ending is ……

失戀，是一件十分傷痛的事。

最先，你會以為這是一場噩夢，夢醒之後，一切會回歸甜蜜和美好。

到後來，你知道這不是一個夢，回過神後，盡全力「箍煲」，搶救這段關係。

到發現她真的很決絕，決不回頭時，你會崩潰，決堤痛哭。

慢慢，淚也流乾了，會把自己埋在被窩裡，不想見人，睡得人事不知。

到一天不得不起床，走出睡房，回到學校/公司，你會變成具行屍走肉。

電影《非誠勿擾》裡的舒淇，曾經無助和絕望的寫下這樣的一段：

「我努力地掙扎，

希望把自己從絕望的深淵挽救起來，

我也曾希望善良的你，

和明淨的北海道，

能幫助我找回人生的美好，
這是我此行的私心，
但可恨的愛情已耗盡了我的全部，
我越是掙扎，
記憶越是把我往下撕扯……」
遇上一個人，只需幾秒鐘；
喜歡一個人，可能只需要一個晚上；
愛上一個人，可能需要一個夏天；
但要忘掉一個人，卻可能要用上一輩子。
都說，時間可以治癒一切，但只是，卻沒有人知道，那時間需要多長。

若然很快便碰上另一位，重新開始，那是一份緣份和運氣，但如果沒有這樣的運氣，那又可以怎樣呢？

我愛電影 *He's just not that into you* 結尾的那一段旁白：

「Maybe a happy ending doesn't include a guy.

Maybe it's you, on your own, picking up the pieces and starting over, freeing yourself up for something better in the future.

Maybe the happy ending is just moving on.

Or maybe the happy ending is this: knowing after all the unreturned phone calls and broken-hearts, through the blunders and misread signals, through all the pain and embarrassment ... you never give up hope.」

「可能結局並沒有白馬王子，

可能只有你，一個人，收拾心情，重新上路，打開心扉，去迎接就在前方不遠處的美好。

可能一個快樂的結局，就是——向前看。

或者快樂的結局就是，無論經歷過多少拒絕和心碎、錯摸和誤會、痛苦和尷尬……你仍然從不放棄希望。」

九、長溝流月去無聲

別矣，父親！

週日是父親節，但今年已經不能跟父親一起慶祝了，他在兩個月前離世。

父親是呂大樂筆下「四代香港人」中，典型的戰後第一代香港人，戰前在大陸出生，經歷戰爭及山河變色的洗禮，走難來到香港，艱苦謀生。能夠安居樂業，不用顛沛流離，已經是他們追求的最大幸福。他們那一代人，信奉安份守己、腳踏實地、克勤克儉、量入為出、逆來順受、「吃得苦中苦，方為人上人」。父親謙卑。

父親那一代人重視家庭，以家庭為生活的重心，把希望都寄託在子女身上，自己永遠只放第二位。

他們自覺學識不高，因此對子女成長、讀書、找工作，都較為放手，他們專注於為子女創造條件（例如提供教育），而非嚴密監控，親自替子女作每一個選擇，不像今天的「怪獸家長」、「直升機家長」那樣事事要管。

當然，我們也不需過份美化，正如呂大樂所說，他們一定也試過搖頭嘆息，在我們耳邊唉聲嘆氣，但他們的不安、不滿，並沒有演變成強而有力的插手和行動，他們沒有專橫霸道。

父親包容。

父親並沒有給過我壓力，他並沒有要求子女飛黃騰達，我們能夠出人頭地，他固然開心，不然的話，能夠自食其力就好。他對子女的唯一要求，就是不要為害社會。

年輕時，我是個十分倔強和任性的人，凡事慣於獨斷獨行，讀大學時去了搞學生會，讀四年搞足三年，後來又走了去讀政治，對此，父親都沒有多言半句。

謝謝父親，其實他一直給了我很大包容，讓我自己去走，就算是跌跌撞撞，但那都是我自己的人生。

但到了我們這一輩當了父母，管教子女卻是另一套。第一代香港人給予我們第二代香港人的自由成長空間，不知不覺消失，我們往往自詡了解社會競爭激烈，搵食艱難，因而急於為子女及早做好準備，不容孩子走上迂迴曲折的冤枉路，而想憑著自己的豐富經驗和知識，幫子女以高效方式走向目標。我們以為這是一番好意，但其實卻為子女帶來了種種讓他們窒息的枷鎖。

父親關愛。

父親不太愛說話，他不是那些滿口慈愛、道理泛濫的人。我們之間沒有談得太多，又或者可以說，我們的關係並不是建立在對談這個基礎之上。反而，長大後，想起昔日種種，才領略到很多關愛，其實都是盡在不言中。

我記得，小時候，久不久，父親就會買麥當勞漢堡包回家，給我們三兄弟吃，每次我們見到，都會歡天喜地，我最愛巨無霸，弟弟就愛魚柳包，大家吃得十分開心和滋味。

長大後才想到，父親在大陸出生，後來南渡香港，讀書不多，謀生不易，只能做牛做馬。但卻想子女能夠過更好生活，於是無論如何胼手胝足，都堅持要為子女供書教學，希望我們日後學有所成。但除此之外，錢已經所餘無幾，結果他沒有買油雞滷味，反而選擇了買麥當勞。

今天回看，我想父親的用意，就是要讓子女體驗一下「時髦」的事物，不要甘於做個「大鄉里」，並繼而對美好生活產生嚮往和憧憬，好好讀書，努力向上。雖然父親沒有宣之於口，但我相信這就是他對子女的一份祝願。

父親堅強。

我記得，讀中學時，父親有次不幸弄斷腳筋，那自然是一個沉重打擊，他是一個靠體力勞動維生的船塢工人，不能走路如常，便意味不能「搵食」，腳停口停。當時的公立醫療並非像今天醫管局般設備周全，更遑論有甚麼物理治療。

結果他出院返家後，利用家裡簡陋的家具，以及一切可以手到拿來的東西，例如擴胸彈簧、西瓜波等，每天反覆用來練習那隻傷腳，矢志一定要令自己行走恢復正常。因為，他知道肩上還有一頭家，還有三個尚在讀中學的兒子，當時他已經五十歲。

結果，父親又真的能夠幾乎完全康復，重新走路和工作如常。但福無重至，禍不單行，兩年後，他工作的一間船塢（即是今天太古城的舊址）結業，他又得重新找尋工作，五十多歲人再重新適應，且要不斷低聲下氣，不斷託人幫忙……

今天失意時，我可以把自己「摺埋」，可以獨個兒關在家裡。但那個時候，一家五口擠在一個細小單位裡，眾聲喧嘩，父親甚至連一個人躲起來、靜下來的空間也沒有。但最終，他又捱過了。

當時自己少不更事，竟然沒有為此上過心。但長大後回想，卻感受至深，我告訴自己，沒有問題不能解決。

別矣，父親！謝謝你，也謝謝你那一代香港人，你們看似質樸無華，但你們的謙卑、包容、關愛，以及意志堅強，造就了我們這輩人一個美好的成長環境，能夠在這樣的環境下成長，是我一生最大的福氣。

母親的願望

有天與一位大學同事午膳，話題很快扯到同學在畢業典禮抗議這個熱門話題。事件中讓人難忘的一幕，莫如是電視新聞中，看到一位傷心的母親，含淚向學生哭訴，說很多父母是含辛茹苦才可養大自己子女，很難才能請到假來看子女畢業禮，很希望能安靜的看完這場典禮。

同事說雖然同情這位家長，但卻覺得其反應未免大了一點。但我卻對她說，半生回望，你我腦海都會出現很多動人的畫面，例如少年的輕狂、山盟海誓的愛情、轟轟烈烈的志業，總之，生命中總有些東西，可教自己再三回味。

但相反，你我的母親，卻大多只是每天周而復始，重重覆覆，煮飯洗衫，做著同樣的事情，人生乏善可陳。因此，一次出席兒女畢業典禮的機會，便可能是她大半生回望，最動人、最值得紀念的一個畫面。

已經是很多年前的事了，那時我在大學唸書，是個心高氣傲的學運份子。到了畢業，向來看不起那些繁文縟節和形式主義的我，自然沒有打算出席甚麼畢業典禮，跟歌舞昇平、官僚主義妥協。

但後來為了尊重家人的意思，結果還是帶了爸爸、媽媽、祖母出席典禮。我記得那天他們十分雀躍，對大學的一草一木都十分好奇，我從未見過他們那麼開心。

只不過半年後，祖母便突然因中風而去世。隨著年歲越長，我越是慶幸自己當年有做了這件事。

電影《東京鐵塔》中，也有如此感人一幕：兒子和母親閒話家常，母親提到因為自己提早離休，所以失去了退休金，而銀行裡的存款，亦已經花得七七八八，但卻說都不打緊，因為自己畢生最大的投資和回報，卻已然握在手裡，說時笑意盈盈，一臉幸福，以手抹了又抹她手中拿著的一個玻璃相架——那是裱了起來的兒子大學畢業證書。

對於我們這一輩來說，人生的成就，可能是一份好工、專業上的名聲、別人口耳相傳的稱譽，甚至是第一桶金，又或者一個位於半山的住宅單位。

但對於我們母親那一輩，就往往謙卑得多，她們的成就都放在子女身上，她們甚至不要求我們出人頭地，只望能看到我們大學畢業，那就算對自己、對夫家、對天地良心，都有個交代。這不是錢銀的問題，大學畢業後，我的父母親其實並沒有怎樣要求過我拿錢回家。

我還記得，收到大學取錄信那天，母親歡喜得向隔籬鄰舍奔走相告。很多年後，有人以此奚落。我沒有嬲過，只是為對方感到惋惜，惋惜對方還未能領會到一位母親的感情。

婆婆・相遇

每逢週末，我都會去家居附近的街市買菜。

年前，常會碰到一位在街上擺賣的婆婆，無論日曬風吹，酷暑寒冬，她都總會在那裡。婆婆賣的是雜物，只可惜，除了書之外，我對其它東西的購物意慾都很低，因此實在光顧不了。但我尊敬所有自食其力的人，尤其是這樣一位滿頭銀髮的婆婆，於是我每次都會掏張鈔票給她，起初她問我想要甚麼，我微笑搖頭，她笑著說多謝，久而久之，這成了一份默契，一切盡在不言中。

這是段難得的緣份，但近一兩年，已經再也見不到婆婆，疫情下可以發生很多事情，我只能默默祝福，婆婆是找到處好歸宿，如進了老人院。無論如何，婆婆的笑容會長留我心。

近日，去了台灣一趟，在東門街上，碰到一位背也嚴重彎了的婆婆，賣白色小香花。記得小時，媽媽和祖母都會光顧這些小販，買這些小香花回家，為家中添上一點香氣。那好像叫白玉蘭，但現在於街上卻不再見到有叫賣了，想不到卻在異鄉街上碰上。我是個「臭男人」，配不上香氣，但還是掏了張鈔票給賣花婆婆，且婉拒了她遞上的小香花。婆婆笑著說多謝，但真正該說多謝的應是我，因為這些花香讓我重拾了一些童年回憶。

味覺，往往把人生不同的片段，巧妙的連結起來。人生有很多偶遇，都值得放進回憶裡好好珍藏。

多說一點，小時候，祖母待我很好，但在我讀大學研究院的第一年，她便突然中風去世，所以我就連打工出糧請她吃餐飯的機會也沒有，畢生引以為憾。

超人の回憶

近日又有超人（是Ultraman，不是Superman）電影上映。超人電視片集陪我度過小學階段，「吉田舉起太空囊變成超人」，是我那一輩人的集體回憶，記得小時候把吃完朱古力豆的管狀樽，高高舉起，就幻想自己也變成超人，如今想起也好笑。

還記得結尾那一集，超人遭怪獸擊敗，倒地不起，最後被趕來救援的大哥超人佐菲，帶回光之國治療，超人吉田篇就此告一段落。

那晚我悶悶不樂，走到窗前，望出去，看到明月倒影在海上（幼時住在西灣河海濱），不期然想著超人與光之國，不知何故，這至今仍是腦海中一個不可磨滅的童年畫面。

那段時間共播過三套超人，分別是超人吉田篇、超人阿鄉篇，以及七星俠諸星彈篇，前兩者由無線，後者則由當時另一電視台佳視，購入並播出，因為小時自己也是慣性收視的俘虜，所以看的主要是超人吉田和阿鄉，對兩者的親切感較大。吉田靠太空囊變身超人；諸星彈靠眼鏡；而阿鄉就甚麼也不用，徒手可變。

那時自己扮超人（但我沒像周星馳般把鹹蛋剖開兩半蓋在眼上），卻同時強逼弟弟扮怪獸，供我收拾。幼時的玩具主要是「砌模型」，起初「砌」的，就是超人片集裡，地球保衛戰隊（確切名稱已忘）的各款戰機，並把這些戰機加入我（超人）和弟弟（怪獸）的戰鬥當中，樂在其中。直到升上中學，興趣轉變，迷上二次大戰，才轉為「砌坦克」。

日本人就是如此，從小每天在漫畫、電視片集中，看著怪獸從天而降，把他們的家園破壞得滿目瘡痍，等待超人等英雄來打救。災難和死亡，成了當中十分獨有的意象。

箇中原因，除了因為日本地理上處於地震帶，歷史上多次受天災摧殘（如一九二三年的關東大地震、二〇一一年的東北大海嘯等），我想亦與二次大戰時，死神從天而降，兩個原子彈瞬間毀去了廣島和長崎兩個城市，這些夢魘有關。

宇宙戰艦大和號

日本漫畫大師松本零士因心臟衰竭去世，享年八十五歲。他生前力作《宇宙戰艦大和號》，是我童年至愛。

那些年，男孩多少都曾為科幻動畫著迷，早期是《鐵甲萬能俠》、《三一萬能俠》、《沙漠神童》等，鐵甲人身懷各種武器（如鐵甲飛拳、高熱火焰、氣體硫酸、光子力熱線等），與機械獸格鬥，伏妖降魔。

但人漸大，對這些公式化劇情、集集打怪獸、臉譜化人物、誇張打鬥，漸漸生厭，而《宇宙戰艦大和號》（當時港譯《太空奇艦和平號》）的出現，讓科幻動畫進入另一範式和層次。本片集該共有三部，當年看的是頭兩部，它與之後的《機動戰士高達》、《超時空要塞》（另一說為《新世紀福音戰士》），並列日本動畫史上三大「神作」，殿堂地位可想而知。

首部講述，故鄉星體面臨毀滅，外星人看上地球作新居所，但其生存環境必要有核幅射，因此以「隕石炸彈」施襲，藉此污染地球。地球防衛軍被徹底擊倒，人類面臨覆亡。就在這時，人類接獲天外訊息，知道外太空有能消除輻射污染的裝置，又教曉人類建造宇宙戰艦，飛往外太空取物，拯救地球。倉卒間，人類揀了二戰時已沉海底但卻是史上最巨型戰艦的大和號，進行改造。承載住人類最後希望，大和號孤身踏上長征，距離地球毀滅時間只剩一年。

次部講述，大和號在歷盡艱辛完成任務後，本告退役，由更新型的安德魯美達號代替，而艦上成員本亦各散東西，但白色彗星帝國的出現，帶來新威脅，令老兵再度披甲上陣，踏上征途。

這套動畫特別之處，是充滿當年二次大戰時日軍於太平洋浴血海戰的意象，結合對抗外星人侵略這科幻主題，創出新經典。大和號孤身上太空，讓人想起二戰時大和號孤身出征沖繩；而第二部的最後決戰，大和號派出飛機偵察出敵人艦隊位置，即聯同友艦派戰機空群而出，一舉偷襲成功，以戰機全殲敵艦，也讓人想起二戰的中途島戰役。日本人對本片著迷，相信與緬懷二戰時日本那支曾經所向無敵的「聯合艦隊」有關。

最後順帶一提，片中主角本為「大和號」，但香港電視台當時卻把它譯作「和平號」，這當然不是因為日文水平差勁，只要想起當年日本侵略中國，大和號乃這侵略者的海軍之魂，若然讓該片在港變相高調歌頌該艦，無疑政治不正確，亦傷害戰爭受害者的感情，因此也改了和平號這較「保險」名稱。

幪面超人「風雷電」

繼《超人》後，日本特攝劇另一神作《幪面超人》，近日也改拍成電影上畫，紀念面世五十周年（前者一九六六年，後者一九七一年面世）。跟超人一樣，幪面超人也是我童年回憶一部份。

這套片集當然也是英雄打怪獸、保衛地球的套路，所不同的是，幪面超人沒有超人那麼神化，身高只是跟普通人一樣，且搏鬥亦只是拳來腳往，而非用上十字死光、七旋斬、金剛環等科幻招數。而幪面超人亦不會飛，只會駕電單車，但他在公路上風馳電掣的英姿，卻更加有型，我甚至覺得經典港產片《天若有情》裡的「華 Dee」，背後拍攝團隊或多或少都有受此啟發。

故事每集結尾，超人用十字死光消滅怪獸；但幪面超人則不然，用的是一記凌空飛踢，當時香港電視台福至心靈，改了個十分有型的名稱，喚作「風雷電」。

這記絕招，不單止名稱「型」，招式也「型」，幪面超人先跳得高高，繼而翻個筋斗，再凌空踢出一記飛腿，把怪獸踢到彈開，繼而爆炸。

當時這成了不少孩童爭相模仿的對象，但問題是，小朋友模仿超人架起十字手勢，作狀射出死光，那是無傷大雅，但若然小朋友模仿幪面超人凌空踢出飛腿，那就有相當危險性。

事實上，當時有小朋友真的為此墮樓身亡，震動全城！家長、校方、社會各界紛紛譴責電視台播映暴力片集，教壞小朋友。結果，電視台向輿論屈服，停播該片集。那時《幪面超人》已播到第三代，主角由洪大龍，變作洪飛虎，再變作洪天馬（以上乃本地改的名字）。

「幪面超人」的原名是「Kamen Rider」，直譯是「假面騎士」，香港把他喚作「超人」而非「騎士」，明顯是要乘著熱潮，承襲之前《超人》片集的高人氣。但出事後，卻被批評為渲染，於是後來類似特攝劇，港電視台譯名時都避開使用「超人」叫法，而改以「俠」、「戰士」、「金剛」等取代之。

飄零燕

「迷途迷途孤燕，未得歸家這小孤燕，夜晚嚇怕小燕，小燕徨恐的小燕……」

這首歌不少中年人都會哼兩句，曾幾何時，每天放學後，黃昏大家都會在家中追看這套「卡通片」。扭開電視機，前述調子便會響起，為大家童年帶來不少歡樂。這套動畫叫《飄零燕》。

《飄零燕》故事的藍本，來自瑞士女作家 Johanna Spyri 所著的小說 *Heidi*。這部在一八八一年面世的小說，講述一個阿爾卑斯山女兒之故事，小說後來風靡全球，且歷久不衰，不單成了史上最暢銷小說之一，甚至被形容為瑞士史上最廣為人知的文學作品。

到了七十年代，宮崎駿等一群日本漫畫家，再把這部小說製作成動畫，讓它流傳更廣，滋潤了包括我在內眾多小孩的童年。

故事講述，小孤女海迪被阿姨帶到來阿爾卑斯山山上投靠其爺爺，但小女孩卻沒有因為遭遺棄在窮鄉僻壤而自傷，反而愛上如詩如畫的山上風光。爺爺原本性格孤僻，並不喜歡別人闖入其生活，但海迪的天真爛漫，卻慢慢把原本冷若冰霜的爺爺融化，從此兩人相依為命。雖然生活簡樸，但在山上卻樂得自由自在，牧童彼得、可愛的小綿羊，以至山上的一花一草一木，都成了海迪的好朋友。

但好景不常，一天阿姨又突然重臨，半拉半哄的將海迪從山上帶走，帶到大城市法蘭克福一個有錢人家中，因為她認為這樣才是快樂和幸福的生活。有錢人的女兒嘉拉因為不良於行，需要一名玩伴。海迪又再一次展現其陽光般的感染力，把嘉拉帶出陰霾，讓其生活平添生氣。雖然兩個小女孩異常投緣，很快成為形影不離的好友，但海迪卻始終忘不了山上自由自在的生活，結果她還是選擇回到山上……

好人，好事，好收場，那確是一個十分美好的年代，。

《飄零燕》對自己的童年生活，也不無影響。

還記得，幼年時，家境並不寬裕，吃方包時通常都是抹上「甜到漏」的煉奶，就算是牛油，已嫌奢侈，就算能吃上，也只會是抹上薄薄的一層。而在《飄零燕》

中，竟然看到爺爺和海迪，可以把一整塊類似牛油的物體放來麵包上吃，真的羨慕得口水直流。後來才知這叫芝士（乳酪），到一天自己真的可以吃上，那就是現在還有得賣的「卡夫切片芝士」，還記得當日把麵包和芝士捧在手上時的那份幸福。

另外，童年時的我，看過了《飄零燕》後，也對阿爾卑斯山上的崇山峻嶺、山上小屋、藍天白雲、綠草如茵、鳥語花香、如鏡湖水、閃閃星空，不禁悠然神往，立志長大後，一定要去一趟。

但真的有機會去，卻已經是二十多年後的事了，雖然當時已年屆中年，但登上阿爾卑斯山時，仍良久不能自已。

那些年我在球場的日子

云云世界盃電視廣告中，讓我最難忘的，是二〇〇六年 adidas 推出的「Impossible Is Nothing」。廣告裡兩個小孩 Jose 和 Pedro，以「猜包剪揼」揀人，透過電腦合成技術，竟可找來歷代球星，組建出自己的 dream team（夢之隊），在街場鬥波，十分魔幻。

當然，我們永遠無法如廣告中找來施丹、卡卡、碧咸、簡尼，甚至碧根鮑華等來助陣（當然，北角施丹和青衣碧咸另計），但我相信大家一定經歷過，在學校又或者街場上，以「猜包剪揼」來組建球隊鬥波的經驗，那是我們成長的一部分。

在那個年代，沒有 Life Dynamics，沒有 EQ 又或者多元智能訓練班，也沒有《心靈雞湯》之類書籍，但我們相信，即使幾不開心、幾不如意、幾大挫折都好，生活，本身就是解決問題的最好方法。堂堂一個男孩，只要有個足球，甚麼難題不可解決？只要能痛快淋漓踢一場，天塌下來又如何？

讀中學時我得承認自己並不受歡迎（也許今天仍是），換轉是今天，可能已經被列入需要特別輔導的一群，令我覺得自己真的有問題。但幸好，那時我們有足球。

每天午飯後或下課後，同學都會在球場上以「猜包剪揼」來組建球隊鬥波，通常是由班裡最好波的兩個「球王」來猜，大家亦可想像到，他們會從現場好波的同學揀起，第二、第三……一個接一個，如此類推，直到最「渣波」那一個為止。

有一天，我鼓起勇氣加入他們，那時我揀了打「龍門」這個沒有多少人願意踢的位置開始，從低做起。慢慢地，在「猜包剪揼」的過程中，我由最尾，逐漸升至尾二、尾三，以至擠身中游位置。我知道以自己資質，永遠不會晉身成為「猜包剪揼」揀人的那個，但起碼，就是這樣，足球為我尋回群體中自己的位置。

當我飛身撲去一個險球時，同學走過來說一聲「好波」，拍拍我的肩膊，又或者捽捽我的頭時，彼此間幾多心結，都能一笑泯恩仇。

謝謝足球，我會永遠記住那些年，伴我一起走過的日子。

童年瑣事

大半生人，識過不少朋友，但如今來往最多的，是大學同學，以及早年進入社會工作時所識下的朋友，反而中小學同窗就較少。畢竟，長大後的朋友，都是自己揀的，揀得的大多是志趣相投；相反，中小學同窗則是剛巧同班，比較被動，沒保證一定投契。十分慚愧，至今仍有來往的，只有兩位，其一更兼且是中小學同學，分外珍貴。去年疫後香港恢復通關，去了英國一趟，有幸到他家小住，難得有機會促膝談心，勾起很多童年往事。

他笑說我當年曾罵他蠢，那是小學時，他每天有五角早餐錢，一枝維他奶三角，一個麵包兩角，但維他奶要兩角「按樽」，所以他要喝完交樽拿回兩角，才有錢吃麵包，不能邊喝邊吃，為此十分苦惱。我知後罵他蠢，何不一天不吃麵包，省下兩角，以後每天便有七角，就可解決問題，奶和包兩全其美。我已記不起此事，聽後不禁莞爾，原來當年我那麼「咄咄逼人」（或許今天仍是）。

他又提到，一九八九年五月，我曾到港大叫他教電腦（是軟件 Lotus，年長朋友大概知道是甚麼），剛巧碰上內地學潮，有同學氣沖沖走上學生會，質問他們為何沒有反應，作出聲援，他說我見狀「知情識趣」的自行告退（其實他不知道，臨陣脫逃，一向是我本色），他在被「挾」下，跟那些同學連夜寫了大字報，明日貼滿校園。而這班同學當中一位，就是他如今的太太。

後來，我還記起一件往事。當年我曾跟他代表學校參加過校際常識問答比賽，還差點打入決賽，卻因主持一個誤判，失之交臂。為此我們忿忿不平，還作出上訴，卻遭奚落，主事官員嘲諷我們惹事生非，還以六七暴動來作暗喻。那時年少，只覺是天大不公，某個黃昏，在太古城一個公園，我們盡訴委屈。那時覺得是天塌下來，後來回看，人生的不如意事，又豈止如此。

這些本都是「芝麻綠豆」般的小事，但年紀大了，它們卻比起幾多的大道理，更能潤澤我心。

與UA結緣

我出身基層家庭，年幼時，很多事情都不會有機會去試，直到考入中大，才打開了人生的一扇窗。

考入中大後，翌年UA戲院在沙田新城市廣場旁開業，課餘到那裡看戲，並逛商場，以及吃喝，我們很多同學對中產生活的體驗和想像，就是從這裡開始的。

以前看電影，每間戲院只播一套電影，十二點半、兩點半、五點半、七點半、九點半，十分有規律和刻板。戲院門口有各式流動小販，賣甘蔗、牛雜、雞腳、雞翼、咖哩魚蛋和魷魚等，大家買了進場，邊看邊吃，但戲院內也污糟邋遢，隨時一地蔗渣。因此，「睇戲」可說是相當「街坊」的。

但UA的出現，卻顛覆了大家對看電影的傳統印象。首先，UA裝修現代化和醒目，有別於舊式戲院的日趨破落。再者，它把一間大戲院，切割為幾間小戲院，同時並立（最先沙田UA便叫UA6，因為內有六間迷你戲院），各自播放不同電影，改變了大家的習慣，轉為到場後，才慢慢揀戲來看。

揀完電影，買了票，未夠鐘放映，我們就會去隔鄰新城市廣場逛商場，看音樂噴泉，哪怕口袋無錢，只能做 window shopping，也是一種享受。看完電影，又可以在商場吃喝，哪怕是到麥當勞吃漢堡包、薯條、奶昔，便當作一餐。

於是，由穿拖鞋到街坊戲院「睇戲」，到去UA自覺要穿得企理光鮮一點；由在熱辣辣和沙塵滾滾的路上「行街」，到去有冷氣和現代化的商場「逛商場」；由吃甘蔗、牛雜、雞腳，到吃漢堡包薯條，除了是大學年代的一種美好回憶之外，也是我們由屋邨懵懂少年，向正在形成的城市中產階級的一種過渡。

後來，畢業後，賺到錢，還是會去UA看電影，雖然去的已經不限於沙田UA，還包括其它商場的UA，畢竟已經習慣了去商場看電影，而吃的也不再是麥當勞漢堡包薯條奶昔，而會跟女朋友去吃「泰蘭花」——UA戲院旁邊的聯營食肆，這或許也是所謂的 social upward mobility 吧。

今天，俱往矣，因熬不過疫情和貴租，全線結業，UA戲院，從此也只能塵封在記憶裡。

陰天、晴天、有線天

人生，總有陰晴。

還記得，大概是二十年前，有幾年是我人生最灰暗的日子，一直未能走出黑洞，於是人也變得很「摺」，又在金融風暴之初買了樓，因此要節衣縮食供樓，也就變得「摺上加摺」。

呆在家裡時間多了，也就看多了電視，但看的已經不是TVB，而是有線電視。

那時週末晚上，再沒有街去，悶在家裡發呆。癱軟在沙發上，由黃昏開始，英超、德甲、意甲、西甲，只要按著remote，就可以無間斷看下去，看到尾場時，已近破曉時分。只要腦袋被球賽佔據，就可不再胡思亂想。就是這樣，幫我熬過了無數難眠夜，以及陰雨天。

那時我也有看娛樂台，當時有很不錯的旅遊和飲食節目，外國如Rick Stein、Anthony Bourdain、Jamie Oliver，本地如黃翠如、洪永城等。他們為我打開了一扇窗，讓我看到斗室外的晴天，以及廣闊大地。從此我對旅遊心生嚮往，待錢銀問題一解決，便踏上了自己遨遊世界的黃金十年（之後遇上COVID，無奈戛然而止，那是後話）。

可惜的是，之後有線日走下坡，體育台、娛樂台、球彩台，到最後就連新聞台，都已經今非昔比。慢慢，晚上再也聽不到一班球彩台主持插科打諢；黃翠如和洪永城亦蟬過別枝；娛樂台和電影台變成無限loop；最後，就連新聞台也晚節不保，《有線中國組》和《新聞刺針》這些我曾經追看的環節，都一一被取締。

原以為生活日常的東西，終究也是留不住。

不期然想起，電影《日日是好日》片中，教授茶道的武田老師所說：能夠日復一日做重複的事，其實是一種幸福。

或許，now後來確是做得好過有線，不單搶走了幾乎所有球賽，又引入了video on demand，還有更大的電影庫……但於我而言，它永遠取代不了有線的地位，因為有線在我生命中某個階段出現，伴我走過人生最灰暗的日子。

上週，有線終於「熄機」了。

別矣，有線！也別矣，彼此一起走過的日子！

那些年挫敗的日子

還記得，讀中學時，雖然從未考過第一，但卻代表學校參加過多項校際比賽，如辯論、演講、作文、常識問答等，並拿過多個獎項，所以也算得上是校內的「風頭躉」，再加上縱使不是考第一也總算名列前茅，讓我自視甚高，以為自己真的「好打得」。

轉捩點是考完「會考」（中五公開試），升讀「預科」（中六和中七）。雖然我一直知道自己較適合讀文科，數學尤非自己所長，但當時讀的卻是一間理科學校，且中六也只有數學和生物兩個分支可揀，而當時校內風氣，「叻」的學生都會揀讀數學。因為自己會考考得幾好，數學考獲A級，附加數也考獲B級，其餘七科除了兩科外，也盡皆A或B，讓我以為也許只是自己過慮，於是也沒有多想，便揀了在原校升學，中六揀讀數學。

但不料，這卻是噩夢的開始。

我旋即發現，我的數學天份，不足以應付中六讀數學，那種解答數學難題所需的抽象思維、天份，不是單靠用功就可以。我發現我想了整整一晚才想通的數學難題，同學原來五分鐘便迎刃而解，讓我異常沮喪。更甚的是，我的考試成績，由前幾名，一下子暴跌至二三十名，讓我的自信霎時跌至谷底。

前幾年，記得有次中學文憑試期間，傳媒找來一些「學民思潮」的同學，問他們的考試感受。我記得有位「學民女」，說考試時緊張得胃痛難當及想嘔吐，考完後，冒昧跟另外兩名女考生提出：「可否跟我聊天？我很緊張。」對方又樂意奉陪，結果她才慢慢好過來。

其實我生平唯一一段時間胃痛，就是發生在高考期間，上午考完卷一，因為胃痛，中午根本不能吃進東西，但下午又要考卷二，實在苦不堪言，於是只能喝「葡萄適」之類飲料來勉強維持精神和體力。事後回想，我相信唯一的病因，就是考試壓力太大。

但這樣艱難的日子，終於還是捱過。我已經不記得當日如何頂住胃痛，只後悔，我沒有像「學民女」般，找位遇上的女考生，傾訴自己很緊張，請她跟我聊天。

後來想深一層，這兩年預科經歷，對自己其實也非壞事，我發現自己原來並沒有想像中那麼「叻」，開始學懂接受自己有其局限，地球不以自己為中心而轉。

這樣，心裡反而泰然，且踏實很多。或許，往後，我會遇上更多挫敗，但有了這段經歷，我再不會晴天霹靂，不知所措。

我相信，挫敗，也可成為你人生中的天使，尤其是，若你依然年輕。

十、也無風雨也無晴

都付笑談中

喜歡看台灣漫畫家朱德庸的漫畫，過往他擅長以男女兩性對立作為題材，極盡挖苦、尖酸刻薄的能事，例如《雙響炮》、《醋溜族》、《澀女郎》等。

但後來，可能因為年齡和閱歷漸長，其作品在嘻笑怒罵中，卻開始散發一種中年人的苦澀，以及對工作、生活、感情、家庭的無奈。

例如手上有一本《甚麼事都在發生》，這裡且以文字來分享當中幾個我有feel（觸動）的故事：

我要婚姻，結果娶了一個不喜歡的女人；
我要家庭，結果生了一堆煩人的孩子；
我要事業，結果遇上一個吝嗇的老闆；
我要友情，結果朋友把我的錢都花光；

最後，婚姻、家庭、事業、友情，我都沒得到，
但我卻得到了人生。

一個女人選擇以跳樓來結束自己生命。
當她墮到10樓窗口，見到以恩愛見稱的李先生李太太正在互毆；
當她墮到9樓窗口，見到平素硬朗的Peter在偷偷掩面痛哭；
當她墮到8樓，見到Anna發現未婚夫與自己閨蜜在床上；
當她墮到7樓，見到失業的阿強買了n份報紙拚命找工作；
當她墮到6樓，見到受人敬重的王老師正在偷穿女性內衣；
當她墮到5樓，見到伯伯每天都盼望有人拜訪他……
這個女人從屋頂跳下前，一直以為自己是世上最倒楣的人。
但如今才知道，自己其實活得不錯，
但可惜已經太晚……呼嘭！

又例如另一本，《關於上班這件事》：

尊敬你的老闆，熱愛你的工作，接受你的人工，

那麼死後，你便一定會升天堂——

因為活著的時候，你根本就在地獄。

人到中年，我有一些朋友，終日長嗟短嘆，滿腹牢騷，每次見面總是「呻到樹葉都落」，抱怨上司的無能；太太的無理；學生的無知；又或者社會的無良。結果，大家都怕了他，避開和他見面。

生活本來已經很難過，做人無需如此bitter。我就寧願選擇以一種幽默、樂天、一笑置之的態度，去面對充滿無奈的人生。

世人都愛湯漢斯

早上起床，慣性開了電視新聞，邊聽邊洗臉擦牙，一則又一則的新聞，都與疫情有關：世衛宣佈新冠疫情全球大流行、美國股市跌千四點、美國對歐洲封關三十天，再聽下去，美國影星湯漢斯（Tom Hanks）也染上新冠，之後手機社交群組內不斷傳來驚呼。

過去二三十年，本來只是虛幻地呈現在銀幕上的湯漢斯，久而久之，卻成了不少人的光影朋友。

大家或有看過《太陽神十三號》，這是部由湯漢斯飾演太空人，講述他在登月旅程遭遇意外的電影，但大家卻未必知道，起初該片曾發生過選角爭拗。製片人 Brian Grazer 後來受訪時透露，起初選角時，有人質疑湯的外型怎看也不似太空人，但製片自己卻堅持這不是問題，因為電影的主題是一艘登月太空船發生意外，關鍵是：「哪個人才能夠引發世人的惻隱之心？美國人最想拯救的人是誰？

答案就是湯漢斯。大家實在太喜歡他了，都不想看到他喪命。」

不錯，湯漢斯予人的感覺就是那樣正直、善良、親切、可以信賴，就像大家身邊的朋友，觀眾會不自覺地緊張其安危，因而投入故事，製片就是看中這點。

美國人都喜愛湯漢斯，就像我們喜愛「發哥」周潤發一樣。

銀幕上的他，不單上過太空；還登陸過諾曼第；打過越戰；揭發過「五角大廈文件案」對抗過尼克遜政府；在冷戰時與蘇聯談判；創造了迪士尼王國……他就是如此陪伴美國人走過歷史上的高山低谷。

大家孤獨時，會想起片中的他如何在荒島自處；

大家失戀時，會想起他如何在帝國大廈天台終遇意中人；

大家落泊時，會想起他如何在機場內苦中作樂……

他就是如此成為大家的心靈雞湯。

現實上的他，也暖得令人沒話可說：

在羅馬萬神殿拍攝《天使與魔鬼》時，因為圍觀者眾，讓一位新娘和其父親無法走近教堂，因而心焦如焚，結果他叫停了拍攝，親自送新娘到婚禮壇前；

在拍攝《雷霆救兵》時，他要跟片中演員到森林中接受訓練，但卻碰上滂沱大雨，其它人投票贊成中止訓練並離開，唯獨他自願留下，結果其他人被他感召下留低，完成訓練；

在街上碰到女童軍義賣曲奇，他不單自己買了幾盒，還留下來幫手，答應幫其他都肯買曲奇者 selfie……

他就是如此一個暖男，就是那種大家在生活的折騰和黑洞中，十分渴望可以遇到，會扶你一把的好人，而非現實上大家碰慣的毒舌頭。

今天大家日子都過得很苦，但願湯漢斯能早日康復，為世人再送上一盒朱古力打氣。

把自己縛在船桅之上

早上一覺醒來，慣性開了電視，邊擦牙洗臉，邊聽新聞，赫然發現美股一夜間暴跌了八百多點。翌日，美股繼續狂瀉不止，繼續跌了五百多點。至於港股，由十月至今，已經跌了兩千多點。十年一次十月股災，恐怕又再應驗。

股市跌了這麼多，很多朋友，都心癢難熬，心思思想「撈底」，博反彈，但也有朋友說：「彈散彈散，一彈即散。」慎防「瞓身」吸納，結果變成了「瞓低」吸納。總之意見紛紜，莫衷一是。

在這樣的環境下究竟應如何自處呢？

古希臘詩人荷馬（Homer），曾寫過兩大史詩——《伊利亞特》（*Iliad*），以及《奧德賽》（*Odyssey*）（兩者的故事就是「木馬屠城記」）。這兩首史詩之所以曠古爍今，不單止因為故事引人入勝，更因為它們包含了很多人生智慧。例如《奧德賽》的主角奧德修斯（Odysseus），在攻打完特洛伊城（Troy）返國途中，所經歷的劫難和考驗，往往被後人視為人生旅程的象徵，當中能提煉出很多人生智慧。

例如當奧德修斯及其船艦要經過女妖賽倫（Siren）所蟄伏和盤踞的島嶼時，他知道將要面臨重大考驗。

神話中的妖魔，通常都是面目猙獰，令人退避三舍。但賽倫卻長得美若天仙，且歌聲美若天籟，能夠蠱惑人心，聽到的人，無不駕船不顧一切的走前親近，結果全都碰上暗礁，而船毀人亡。

以往能夠克服因賽倫而起的心魔，只有一趟，那就是希臘英雄傑森（Jason）和與他一起尋找金羊毛的勇士，當中包括大音樂家奧菲士（Orpheus）。當他們在賽倫盤踞的海域，被女妖歌聲所迷惑，正身處險境難以自拔時，奧菲士立時彈起豎琴，唱起歌來，讓自己的正道之音，把賽倫的妖邪歌聲蓋過，才在最後關頭挽回船員的神志和理性，渡過險境。

但問題是今趟奧德修斯的一眾水手中，並沒有如奧菲士這樣的人物，他又可以如何克服難關呢？

結果，奧德修斯準備了一些蠟，到靠近海島之前，讓水手把蠟先塞進耳朵，而更重要的是，他把自己牢牢綁在船桅之上，讓自己即使面對種種靡靡之音誘惑時，也動彈不得，這樣就保證自己不會自尋死路了。

說回今次中美貿易戰和股災。起初，財爺「波叔」說，貿易戰對香港影響有限。

但後來，商經局「邱公子」卻說，貿易戰有三大特點：

一）這場戰事會拉長，不會短期內解決；

二）戰事會拉闊，從貿易蔓延至其他領域；

三）有一段漫長的痛苦過程，商業週期一般是18個月。

那麼，孰是孰非呢？

我就認同邱公子，今次大跌市，引用邱吉爾的名句：「This is not the end. It is not even the beginning of the end. But it is, perhaps, the end of the beginning.」（這不是終結，甚至至不是終結的開始，也許只是開始的結束。）

但人總是人，凡夫俗子，見到股市下瀉，總難免心猿意馬。那麼在今天股海的驚濤駭浪之中，如何把自己牢牢綁在船桅之上，敵過靡靡之音呢？

我告訴大家，最近，我把銀行戶口中大部分現金，都做了定期存款，一了百了。

童年時的日記

禪門公案裡，有則佛家故事。

有兩位僧人正準備涉水過河，恰巧有一位美麗女子也在河邊，卻因水勢湍急而裹足不前。於是其中一位，便微笑著將她背在肩上，幫她渡河。

不料，同伴看到後心裡卻不忿，不是說男女授受不親嗎？更何況是出家人！心裡不禁悶了一肚子氣。

兩人回到佛寺，後者越想越不忿，終於按捺不住，責備對方，說其行為可恥，違反了佛門清規。前者驚訝的說：「甚麼事可恥？我究竟違反了甚麼戒律？」

後者更加憤怒，說：「你竟然裝傻扮懵，你剛剛把一位年輕貌美女子背在肩上呀！」

「噢！原來如此。」僧人終於恍然大悟，遂笑說：「我早已把這位女施主放低在河邊了，但相反，你卻一直背負著她呀！」

「放下」，對於很多人來說，都是一件說易行難的事。人往往會被心裡的不忿，折磨半生，甚至最終毀掉自己。

很多時，旁人大惑不解，為何看似一件小事，卻會令某些人，人心變異，鬱結成恨，又甚至自尋短見？原因就是當事人放不下，想得太多，愈想愈鑽進了牛角尖、死胡同。

大家或許會有過以下經驗。有一天，終於痛下決心，整理積存舊物。當中偶然翻出了幾本封塵日記。日記紙質早已發黃，但你仍然饒有趣味，逐頁逐頁翻看。在那些潦草字體中，記錄了你的青蔥歲月：

「今天，學校派發了成績表，萬萬沒有想到，自己竟然三甲不入。這是讀書以來頭一趟，我難過得哭了出來。這是我畢生最失敗的一天，於是我懲罰自己，不讓自己吃飯。我發誓，要永遠記住這恥辱的一天，好讓自己日後有所警惕。」

「今天，我十分難過，剛剛與母親吵了一頓。我不明白她為何如此對待我，或許，我根本不是她親生的！我永遠不會原諒她。這個家已經沒有絲毫溫暖，總有一天，我會離家出走！」

「我終於遇上命中注定的那一個，我將執子之手，與子終老；海枯石爛，永不變心。我知道終我餘生，將無可能會愛上其他女子。」

看到這裡，或許，你已經不禁莞爾。但至為尷尬的是，你甚至已經記不起：當日為何會跟母親吵架；

那個曾經以為是自己命中注定的女生，如今印象、輪廓都已經十分模糊；

比起大學畢業後這些年來所遇上的挫折和創傷，當天的所謂失敗，根本算不上怎樣一回事……

原來當年一度令你要生要死的，若干年後，才發現竟然原來是如此微不足道。

驀然回首，也無風雨也無晴。

遺憾，才會不朽

一套電影，讓大家都緬懷起八九十年代香港的黃金歲月，以及那位如日方中時驟然離開大家的巨星——梅艷芳。

梅艷芳是位百變天后，她固然可以唱出《壞女孩》、《夢伴》等節拍強勁的快歌，但也能夠用那把充滿滄桑的嗓子，唱出十分感性的慢歌，例如《夕陽之歌》、《似水流年》、《似是故人來》等。

而我最喜愛的也是她的慢歌，尤其是一曲《似是故人來》，當中「但凡未得到，但凡是過去，總是最登對」那幾句，更是令人思緒縈回不已。

所以，初戀，總是最刻骨銘心；而因遺憾留下的記憶，也總是最美好。

梅艷芳、張國榮、陳百強、鄧麗君、黃家駒等，都是那些年的天王巨星，可惜他們皆英年早逝，沒有陪我們一路走來。有謂：「自古美人如名將，不許人間見白頭。」或許，不朽巨星也是一樣。

但堪告慰的是，這些巨星在其最光輝燦爛的一刻離開，留下只有美好，留下只有思念。

今天回望，那真是個和諧的年代，早逝，讓他們沒有捲入日後的是是非非、爭拗撕裂，更沒有讓我們看到他們趨炎附勢、逐漸腐朽。且隨著時光流逝，他們當年的瑕疵，都被我們通通忘記掉，變得白璧無瑕。

從這個角度來看，早逝，雖說是一種遺憾，是樂迷影迷的損失，但也未嘗不是上天對他們的一份憐惜之情。

片中有如此一幕，由劉俊謙飾演的張國榮，向由王丹尼飾演的梅艷芳傾吐心事，提到那個主演《阿飛正傳》（*Rebel Without a Cause*），放浪不羈但卻因交通意外而英年早逝的「萬人迷」占士甸（James Dean），他幽幽地說：「有些人，大家總是不忍心看著他老去，在他最美的時候離開，可能是最好的。」

遺憾，未嘗不是美好，我相信，本片導演也是這樣想的。

人生，難免有遺憾；但因遺憾，才會不朽。

兄弟反目

近日有一套紀錄片《醉夢英倫》上演，紀錄一支八十年代英國樂隊的起起落落、離離合合。那支樂隊，就是以 *True* 及 *Through the Barricades* 兩首歌曲，橫掃全球樂壇，曾經紅透半邊天的——Spandau Ballet。

片中講述五位出身寒微，又在音樂上志同道合的年輕人，如何並肩奮鬥，最後成為全球炙手可熱的樂隊。

只可惜，這時樂隊成員間卻出現爭拗，鬧起拆夥，甚至因為錢銀糾紛，而不惜對簿公堂，兄弟割席，恩斷義絕。

還幸，該紀錄片還是以喜劇收場，因為，時間最終治癒了傷口。

相隔近二十年之後（是足足二十年！），一天，當他們都被拉進 studio，拿起樂器，奏起熟悉旋律，彼此又再情不自禁、忘情投入，最後冰釋前嫌，一切又從音樂再開始。正如他們最後說：music is bigger than argument。

最近和朋友談起，說我們人到中年，看到這裡時，特別有感觸，因為彼此人生中，總有一兩段類似經歷，曾經幾要好的兄弟，也會反目成仇。

當你年少時，窮到得一個麵包都要兩份食時，反而很少與老友斤斤計較，但諷刺的是，反而大了，彼此錢都多了，因財失義的機會卻大大增加，尤其是一齊合夥做生意的時候。（如果他的太太都有份參與的話，那麼情況多數會變得更糟。）

很多時，那不純粹是錢銀問題，而是彼此的 ego 已經膨脹到一個地步，再也碰不得，再也容不下旁人。

陳可辛曾拍過套電影《中國合伙人》，那是講三個好友的恩怨情仇和離合。後來三人形同陌路，其中一位在結婚時無限唏噓的說，人生有三件事不能做：

第一，千萬別跟丈母娘打麻將；

第二，千萬別跟想法比你多的女人上床；以及——

第三，千萬別跟好朋友合夥開公司。

陳可辛說，電影拍到這裡時，他不禁哭了；其實，電影看到這裡時，我也哭了。

我相信，時間可以治癒傷口，只可惜，所需時間，可能比大家想像中要來得長。

懷才不遇怎麼辦？

有年去了美國華盛頓旅遊，那裡有座著名的越戰將士紀念碑，訪客絡繹不絕。它的設計如同大地開裂接納死者，具有強烈震撼力。它是座V字形建築，在幾米高的黑色大理石碑牆上，刻著五萬多個戰爭中死去或失蹤的將士之名字，而設計的方式讓訪客不單能看到，還能親手觸摸到每個名字，讓人在這刻滿了不幸名字的牆下，為戰爭作出沉思。不少人把它譽為美國最動人的公共建築。

這座紀念碑背後還有個勵志故事。

一位大學四年級的華裔女生，修讀喪禮建築學時，老師把當時正在籌建和公開徵求設計的越戰將士紀念碑，定為課堂作業。這位女生投入心血，不料，作品卻只拿到一個B級，這在當地學制裡，是頗低的分數。

但女生卻沒有氣餒，且一氣之下，把設計及有關圖文解說，直接寄了給主辦單位。這次比賽，參加者更不乏行內老行尊，但為了公平起見，評審採取慣用的匿名方式。結果，這位籍籍無名、乳臭未乾的女學生，卻竟然脫穎而出，獲得一眾評判青睞，擊敗行內高手，意外奪標，讓全國嘩然。

一份課堂上只能拿到差強人意分數的功課，卻在一個強手如雲的比賽中，排眾而出，得到肯定。有時考試評分，可以就是如此。

這位女學生名叫林瓔，如今成了著名的美藉華裔建築師。她有個姑母叫林徽音，不錯，就是那位民國年代著名建築師和詩人，也是中華人民共和國國徽設計者之一，丈夫是一代宗師梁思成，天安門人民英雄紀念碑的設計者，也是中國近代大學問家梁啟超的兒子。

每當學生收到成績單，偶爾也會有些心有不甘，認為與心目中成績有段距離，因而提出上訴。作為老師的，當然會用心覆核一遍，看看是否真的出錯，需要還學生一個公道，但要是真的愛莫能助時，我偶爾會告之學生以上故事，鼓勵他們，考試考得高分固然是好，但即使不被老師青睞，也不打緊，只要有真材實料，一樣總有出頭天。

如果可以返轉頭

如果時光可以倒流，你可在過去和現在的時空中來回穿梭，那麼你又會選擇做些甚麼？

相信典型港男港女會回答，當然是看看今天六合彩開哪些號碼，然後趕回昨天買，再等收錢；再不然，回到當初，死慳死抵，買樓，買股票，今日一樣可提早退休。總之，一句到尾，「有早知，無乞兒」。

現實就是如此欠缺想像力，以及沒趣，那麼，光影世界裡又如何呢？答案當然多姿多采、浪漫得多。

年前看過套日本動畫《穿越時空的少女》，女主角是個初中生，當她發現自己擁有穿越時空的特異功能時，少女心性，她趕緊要做的，除了例牌如預知考試題目以拿到一百分之外，就是快快吃掉本來要被妹妹偷吃掉的蛋糕、避開蠢行和倒霉事、打棒球時預知對手投球方向……更滑稽的是，給一次錢卻反覆唱十次卡拉OK。

近日看了另一部電影，主題也與時空穿梭、回到過去有關，中文譯名比較俗氣，叫《回到最愛的一天》，還是英文名 *About Time* 比較簡樸自然得多。

片中男主角是個心地善良，但卻外表平凡，也無過人之處的青年人，有一天，知道了自己擁有穿越時空的能力。情竇初開的他，整天都想著如何可以追到夢中女神，於是便把自己的特異功能用於愛情路上，每次犯錯，他都會讓時光倒流，返轉頭修復「瘀事」，把事情改為做得盡善盡美。

於是，通過反覆修正蠢行，他也由一個笨手笨腳、凡事碰釘的笨小子，變成一個風度翩翩的年輕才俊。

但到了一天，他發現世上有樣東西叫「蝴蝶效應」，一個小小的改變往往可以改寫歷史，反覆在時空中穿插、修正，會帶來一些意想不到的效果，即使他這個時空旅人，但也有一些東西不能隨心所欲的控制，不是凡事都可如願以償……

人生已走了一大半，回首前塵，自己當然也犯過很多錯。年輕時總會想，若然當初早知如此，沒有犯下那錯誤，今天就不會悔不當初。如果可以返轉頭，今天就不會留下這個重大遺憾。

但長大後才慢慢明白，如果不是當初跌了重重一跤，跌得夠痛、夠重，大概教訓也不會如此深刻。人的個性、心志，往往就是如此鑄煉出來。相反，如果事事可以輕易回頭，可以返轉頭話修補就修補，那麼，我相信人也會變得魯莽、浮躁，意志也會變得十分薄弱。

年輕時也會埋怨，時間有限，錢銀也有限，於是做得這樣，便做不到那樣；陪得朋友，便陪不了女友；陪得女友，便陪不到家人；搞得學運，便讀不到書；多讀幾本書，便少了時間賺錢……

人大了才明白，箇中關鍵，就是取捨。

取捨讓你知道甚麼才是自己真正喜歡；取捨讓你知道甚麼才是自己真正堅持。就是這樣，在取捨中也便成就了自己。一個甚麼都是手到拿來的人生，只會讓人迷失。

人生而有涯，光陰不會回頭，這讓大家在人生中需要作出抉擇；在這些抉擇中，我們需要作出取捨；在這些取捨中，我們成就了一個獨一無二的自己。

忘記，是爲了重新開始

近日看了電影《被偷走的那五年》。

女主角因一次意外昏迷，醒來後，記憶中，還明明是和丈夫溫馨度蜜月，但如今卻枕邊無人，當她正擔心丈夫是否在意外中遭逢不測時，家人卻告知，兩人原來已經離婚。

在六神無主的情況下，她拚命向周圍的人打探究竟發生了甚麼事，才發現自己原來在昏迷時，失去了五年的記憶。

女主角不甘心，於是開展了一段尋回記憶之旅，在這段旅程中，她發現如今丈夫與自己形同陌路；好友與自己反目成仇；公司裡同事對自己避之則吉，原來都有因由，昏迷時失去了五年記憶，可能正是潛意識要她忘掉那個不堪的自己，治療傷痛……

年輕時常常抱怨，為甚麼人總是那麼善忘，如果像那些名人傳記中的人物一樣，擁有過目不忘的能力，那該有多好。那麼：

書不用讀幾遍才入腦；

借了錢給人不會忘記追人還；

寫文章時不會抓爆腦袋也想不起，當日曾經靈光一閃的靈感、點子、佳句；

更尷尬的是，在社交場合，碰到別人請教對方尊姓大名時，被禮貌的告知，原來彼此早已見過；

最丟臉的還是，碰到以前教過的學生，被對方問到「記不記得我」時，無言以對……

為何上帝造人，要讓人如此善忘？這不是一種缺陷嗎？

長大後，幾經滄桑，才明白到，善忘未嘗不是一件好事，那是一個治癒創傷的機制。

有些經歷太過傷痛，又或者太過恐怖，如果不能忘掉，那將會是你一生的夢魘，讓你一生活在陰影之中。

又或者，太過小心眼；太過上心；太過緊記與別人的嫌隙，那麼人與人之間的死結，也只會愈糾纏愈緊，無法解開。

就像片中女主角，就是因為昏迷和失憶，讓她把所有嫌隙都忘得一乾二淨，反而可以讓她丟掉包袱，重新與旁人建立關係。

有年輕朋友失戀，痛不欲生。究竟如何可作安慰？最後，還是以過來人身份，誠懇的送上一句：「時間，可以治癒一切傷口。」

不錯，時間可治癒一切，只可惜，沒有人知道，那時間需要多長。

原來，上帝讓人如此善忘，是要給當年少不更事的我們，多一次機會，好讓我們可以重新開始，重新上路。

臨終前的最後一句

隨著年歲漸長，人生也從「四個婚禮一個葬禮」，走進「四個葬禮一個婚禮」的另一階段，得慢慢學習面對生離死別。

古時，面對至親去世，社會的規範，是要大家表現得「有幾悲傷得幾悲傷」，所以要捶胸頓足，嚎啕大哭，就算因而暈厥，也不嫌過份。所以，慢慢甚至發展到一個地步，要聘請職業「孝子」，在喪禮上歇斯底里的嚎啕痛哭，為家屬充撐場面，添添面子。在類似思維下才有莊子的故事。

莊子妻死，惠子走來弔喪，見到莊子盤膝而坐，一面敲擊瓦盆，一面唱歌，便不悅地說，夫妻一場，你不哭也還罷了，怎可還鼓盆而歌，實在太過分了！（對於很多港男來說，答案自然是老婆死都不開心，那麼幾時才開心？但大哲學家莊子，自然不是這個層次。）

莊子回答說，他本來是悲傷的，但想到人之生生死死，本來就如大自然春夏秋冬四季運行，現在我的妻子正安祥地睡在天地之間，如果我嚎啕大哭的話，豈不是變成一個不通天命的人？於是便停止了哀傷。

到了今天，人們悼念時的表現，也產生了很大變化，越來越多人可以平常心來面對親人死亡的事實。

看過一套港產片《常在我心》，當中有如此一幕，患癌病逝世的男主角小段（陳奕迅飾），囑咐大哥（廖啟智飾）在喪禮中講述以下一個故事：

「小段住院時，有一天他問我一個問題。他說，如果你跟朋友去爬山，但是自己不小心失足，幾乎掉下山時，你很害怕，便一手抓住朋友，希望他能救你上來。可是一小時之後，你發覺你的朋友筋疲力盡了，你再不放手，兩人就會一起摔下山，於是你便決定放手。小段問我，『你在放手前會說甚麼？』，我想了一會就這樣說，『我會說聲謝謝。』但是小段卻說，你臨摔下山的情景，你的朋友會永遠記在心上，所以換作是他，他就會扮個鬼臉引朋友笑，希望朋友只記得他詼諧的樣子，那就不會太傷心。」

「小段叫我今天跟大家說，他臨走前，希望大家能向他做一個……（說時裝出了一個鬼臉。）」

這是令我十分感動的一幕。與其捶胸頓足，嚎啕大哭，倒不如平心靜氣，坦然面對。

所以，談到臨終前最後的一句話，我最喜歡的，是大發明家愛迪生的一句，當他彌留之際，太太彎低身問他：「Are you suffering?」（你是否很辛苦？）

他答說：

「No. Just waiting.」（不，我只是在等。）

說時望向窗外，再悠悠的說多一句：

「It's very beautiful over there.」（那一邊風景很美。）

無論明天是否世界末日

根據南美古代馬雅文明，明天，將是其曆法中最後一日。前幾年荷里活按此拍過一套災難片《2012》，開始把這話題炒熱。近日坊間也掀起一陣有關世界末日的熱議以至躁動，媒體爭相報導一些市民在可能是「世界末日」降臨前，最後幾天會做些甚麼。

有人說會趕緊囤積糧食、求生和急救物資。

但我想，若然末日真的降臨，我們又豈能獨善其身？幾樽水、幾包即食麵、幾個罐頭，又豈能讓我們捱過人類的大限？

有人說明天會乘飛機，萬一發生地震和海嘯，也可避過一劫。

但我卻想起《阿飛正傳》裡張國榮的一句經典對白：「聽說世界上有一種沒有腳的雀仔，它只能夠一直飛呀飛，一輩子只能落地一次，那一次，就是它死亡的時候。」

有報章頭版標題是〈單身男女不想孤獨死 極速配對過末日〉。

我想若以末日心態尋找回來的愛情，那又可會是真正的幸福？最讓我莞爾的，是有大學生在接受記者訪問時說，決定暫時不交學費，因為幾萬元一大筆錢，說來也肉痛，還是待看明天過後，世界是否仍然倖存，若她還健在，那才補交也未遲。

但我想，她不交學費，把錢存於銀行，若然真的世界末日，那麼銀行和存款還不是一樣煙消雲散，於她又有何用呢？

說到若然世界末日，該把握時間，趕緊做些甚麼，讓我想起一個小故事。

話說一七八〇年，一天中午，美國康乃迺格州（Connecticut）的哈特福德（Hartford）市，藍天突然變得灰濛，到了下午，更變成漆黑一片。在那個宗教氣氛濃厚的年代，人們都以為是世界末日，遂大驚失色，紛紛跪下來，但求在末日審判降臨前最後一刻，祈求上帝的憐憫和寬恕。

剛巧，當地州議會正在開會，因這駭人情景，議會旋即陷入一片喧鬧和混亂之中，很多議員要求立即休會，但唯獨是議長 Abraham Davenport 卻處變不驚，冷靜地說：

「末日審判，一是會降臨，一是不會降臨。如果不會降臨，那麼這一刻，我們根本無須張皇失措，中斷會議；但如果真的降臨，我想上帝會喜歡見到，我們堅守自己崗位直至最後一刻。因此，我動議，把洋燭拿過來，照亮這個實踐民主的房間，繼續開會。」

(The Day of Judgment is either at hand or it is not at hand. If it is not, there is no need for adjournment. If it is, I choose to be found by my God doing my duty. I entertain the motion, therefore, that candles be brought to enlighten the hall of democracy.)

這就是Davenport議長的人生哲學，無時無刻，緊守崗位，盡忠職守，對得住上帝，對得住自己，那就是應付世界末日的最佳方法。

所以忠於自己，活在當下，那才是讓自己無憾的生活方式，無論明天是否世界末日。

鳴謝

年前，因為盤算退休，萌起盤點人生的念頭，結果出版了一本散文集《百年修得同船渡》，寫自己人生路上二十位良師益友，既是寫人，也是寫事，更想寫的是情懷，好為一個年代作結。豈料，幾年下來，香港出現了翻天覆地的變化，無論是處境，抑或情懷，都已經大有不同，於是再次萌生出版另外一本散文集之念，以抒發如今的心境。

過去幾年，我由為《明報》寫政治評論，轉為寫散文，目睹種種崩壞，經歷眾多離合聚散，人也有著很多感觸和鬱結，寫散文比起寫政治評論，或許更適合今天這個世道。

我主要是從近兩年《明報》裡的專欄，再輔以過去在其它地方寫過的散文，揀了一百篇結集出版。這裡特此向《明報》及《東周刊》鳴謝。

感謝陳健民、黃念欣、李立峯、林妙茵、周冠威為本書作推薦人。前五位都是我多年好友，能夠跟他們相識相知，是我人生莫大的福氣和榮幸。至於冠威，相識日子雖然較短，但卻交淺言深。

健民是我佩服和敬重的人，上述朋友中，他也是我相識最久的一位，多年來，彼此肝膽相照。感謝他為本書封面書名題字。

最後，亦感謝張燦輝兄為本書提供照片製作書籤，他的攝影往往帶有哲思，能啟發人更多的思考。

遠路不須愁日暮

作　　者｜蔡子強
責任編輯｜鄧小樺
執行編輯｜囍
文字校對｜周靜怡、呂穎彤
封面設計及內文排版｜陳昭淵
封面題字｜陳健民

出　　版｜二〇四六出版／一八四一出版有限公司
發　　行｜遠足文化事業股份有限公司（讀書共和國出版集團）
社　　長｜沈旭暉
總 編 輯｜鄧小樺
地　　址｜103 臺北市大同區民生西路 404 號 3 樓
郵撥帳號｜19504465 遠足文化事業股份有限公司
電子信箱｜enquiry@the2046.com
Facebook｜2046.press
Instagram｜@2046.press

法律顧問｜華洋法律事務所 蘇文生律師
印　　製｜博客斯彩藝有限公司
出版日期｜2024 年 05 月初版一刷
定　　價｜380 元
I S B N｜978-626-98123-1-8

有著作權．翻印必究：如有缺頁、破損，請寄回更換

特別聲明

有關本書中的言論內容，不代表本公司／出版集團的立場及意見，由作者自行承擔文責

國家圖書館出版品預行編目（CIP）資料

遠路不須愁日暮／蔡子強作．-- 初版．-- 臺北市：二〇四六出版，一八四一出版有限公司出版：遠足文化事業股份有限公司發行，2024.05

304 面；14.8*21 公分

ISBN 978-626-98123-1-8（平裝）

855　　113005813